淡淡
篇篇
許地山寫盡世間百態

人非人

許地山──著

動盪的時代，人性的醜惡表露無遺，
但同時，世界上仍存在一個個純真的靈魂……
形形色色的靈魂，展示的是「人」還是「非人」？

目錄

目錄

人非人

人非人

離電話機不遠的廊子底下坐著幾個聽差，有說有笑，但不曉得到底是談些什麼。忽然電話機響起來了，其中一個急忙走過去摘下耳機，問：「喂，這是社會局，您找誰？」

「唔，您是陳先生，局長還沒來。」

「科長？也沒來，還早呢。」

「……」

「請胡先生說話。是咯，請您候一候。」

聽差放下耳機逕自走進去，開了第二科的門，說：「胡先生，電話，請到外頭聽去吧，屋裡的話機壞了。」

屋裡有三個科員，除了看報抽煙以外，個個都像沒事情可辦。靠近窗邊坐著的那位胡先生出去以後，剩下的兩位起首談論起來。

「子清，你猜是誰來的電話？」

「沒錯，一定是那位。」他說時努嘴向著靠近窗邊的另一個座位。

「我想也是她。只是可為這傻瓜才會被她利用，大概今天又要告假，請可為替她辦桌上放著的那幾宗案卷。」

「哼，可為這大頭！」子清說著搖搖頭，還看他的報。一會他忽跳起來說：「老嚴，你瞧，定是為這事。」一面拿著報紙到前頭的桌上，鋪著大家看。

可為推門進來，兩人都昂頭瞧著他。嚴莊問：「是不是陳情又要擂你大頭？」

可為一對忠誠的眼望著他，微微地笑，說：「這算什麼大頭小頭！大家同事，彼此幫忙……」

嚴莊沒等他說完，截著說：「同事！你別侮辱了這兩個字罷。她是緣著什麼關係進來的？你曉得麼？」

「老嚴，您老信一些閒話，別胡批評人。」

「我倒不胡批評人，你才是糊塗人哪，你想陳情真是屬意於你？」

「我倒不敢想，不過是同事，……」

「又是『同事』，『同事』，你說局長的候選姨太好不好？」

「老嚴，您這態度，我可不敢佩服，怎麼信口便說些傷人格的話？」

「我說的是真話，社會局同人早就該鳴鼓而攻之，還留她在同人當中出醜。」

子清也像幫著嚴莊，說，「老胡是著了迷，真是要變成老糊塗了。老嚴說的對不對，有報為證。」說著又遞方才看的那張報紙給可為，指著其中一段說：「你看！」

可為不再作聲，拿著報紙坐下了。

看過一遍，便把報紙扔在一邊，搖搖頭說：「謠言，我不信。大概又是記者訪員們的影射行為。」

「嗤！」嚴莊和子清都笑出來了。

「好個忠實信徒！」嚴莊說。

可為皺一皺眉頭，望著他們兩個，待要用話來反駁，忽又低下頭，撇一下嘴，聲音又吞回去了。他把案卷解開，拿起筆來批改。

十二點到了，嚴莊和子清都下了班，嚴莊臨出門，對可為說：「有一個葉老太太請求送到老人院去，下午就請您去調查一下罷，事由和請求書都在這裡。」他把文件放在可為桌上便出去了，可為到陳情的位上檢檢那些該發出的公文。他想反正下午她便銷假了，只檢些待發出去的文書替她簽押，其餘留著給她自己辦。

他把公事辦完，順將身子往後一靠，雙手交抱在胸前，眼望著從窗戶射來的陽光，凝視著微塵紛亂地盲動。

他開始了他的玄想。

陳情這女子到底是個什麼人呢？他心裡沒有一刻不懸念著這問題。他認得她的時間雖不很長，心裡不一定是愛她，只覺得她很可以交往，性格也很奇怪，但至終不曉得她一離開公事房以後幹的什麼營生。有一晚上偶然看見一個豔妝女子，看來很像她，從他面前掠過，同一個男子進萬國酒店去。他好奇地問酒店前的車夫，車夫告訴他那便是有名的「陳皮梅」。但她在公事房裡不但粉沒有擦，連雪花膏一類保護皮膚的香料都不用。穿的也不好，時興的陰丹士林外國布也不用，只用本地織的粗棉布。那天晚上看見的只短了一副眼鏡，她日常戴著帶深紫色的克羅克斯，局長也常對別的女職員讚美她。但他信得過他們沒有什麼關係，象嚴莊所胡猜的。她那裡會做像給人做姨太太那樣下流的事？不過，看早晨的報，說她前天晚上在板橋街的祕密窟被警察拿去，她立刻請出某局長去把她領出來。這樣她或者也是一個不正當的女人。每常到肉市她家裡，總見不著她。她到哪裡去了呢？她家裡沒有什麼人，只有一個老媽子，按理每月幾十塊薪水準可以夠她用了。她何必出來幹那非人的事？想來想去，想不出一個恰當的理由。

鐘已敲一下了，他還叉著手坐在陳情的位上，雙眼凝視著，心裡想或者是這個原因罷，或者是那個原因罷？

他想她也是一個北伐進行中的革命女同志，雖然沒有何等的資格和學識，卻也當過好幾個月戰地委員會的什麼祕書長一類的職務，現在這個職位，看來倒有些屈了她，月薪三十元，真不如其他辦革命的同志們。她有一位同志，在共同祕密工作的時候，剛在大學一年級，幸而被捕下獄。坐了三年監，出來，北伐已經成功了。她便仗著三年間的鐵牢生活，請黨部移文給大學，說她有功黨國，准予畢業。果然，不用上課，也不用考試，一張畢業文憑便到了手，另外還安置她一個肥缺。陳情呢？白做走狗了！幾年來，出生入死，據她說，她親自收掩過幾次被槍決的同志。現在還有幾個同志家屬，是要仰給於她的。若然，三十元真是不夠。然而，她為什麼下去找別的事情做呢？也許嚴莊說的對。他說陳在外間，聲名狼藉，若不是局長維持她，她給局長一點便宜，恐怕連這小小差事也要掉了。

這樣沒系統和沒倫理的推想，足把可為的光陰消磨了一點多鐘。他餓了，下午又有一件事情要出去調查，不由得伸伸懶腰，抽出一個抽屜，要拿漿糊把批條糊在捲上。無意中看見抽屜裡放著一個巴黎拉色克香粉小紅盒。那種香氣，直如那晚上在萬國酒店門前聞見的一樣。她用這東西麼？他自己問。把小盒子拿起來，打開，原來已經用完了。盒底有一行用鉛筆寫的小字，字跡已經模糊了，但從鉛筆的淺痕，還可以約略看出是「北下窪八號」。唔，這是她常去的一個地方罷？每常到她家去找她，總找不著，有時下班以後自請送她回家時，她總有話推辭。有時晚間想去找她出來走走，十次總有九次沒人應門，間或一次有一個老太太出來說，「陳小姐出門啦。」也許她是一隻夜蛾，要到北下窪八號才可以找到她。也許那是她的朋友家，是她常到的一個地方。不，若是常到的地方，又何必寫下來呢？想來想去總想不透，他只得皺皺眉頭，嘆了一口氣，把東西放回原地，關好抽屜，回到自己座位。他看看時間快到一點半，想著不如把下午的公事交代清楚，吃過午飯不用回來，一直便去訪問那個葉姓老婆子。一切都弄停妥以後，他戴著帽子，逕自出了房門。

一路上他想著那一晚上在萬國酒店看見的那個，若是陳修飾起來，可不就是那樣。他聞聞方才拿過粉盒的指頭，一面走，一面玄想。

在飯館隨便吃了些東西，老胡便依著地址去找那葉老太太。原來葉老太太住在寶積寺後的破屋裡，外牆是前幾個月下大雨塌掉的，破門裡放著一個小爐子，大概那便是她的移動廚房了。老太太在屋裡聽見有人，便出來迎客，可為進屋裡只站著，因為除了一張破炕以外，椅桌都沒有。老太太直讓他坐在炕上，他又怕臭蟲，不敢逕自坐下，老太太也只得陪著站在一邊。她知道一定是社會局長派來的人，開口便問：「先生，我求社會局把我送到老人院的事，到底成不成呢？」那種輕浮的氣度，誰都能夠理會她是一個不問是非，想什麼便說什麼的女人。

「成倒是成，不過得看看你的光景怎樣。你有沒有親人在這裡呢？」可為問。

「沒有。」

「那麼，你從前靠誰養活呢？」

「不用提啦。」老太太搖搖頭，等耳上那對古式耳環略為擺定了，才繼續說：「我原先是一個兒子養我，那想前幾年他忽然入了什麼要命黨——或是敢死黨，我記不清楚了，——可真要了他的命。他被人逮了以後，我帶些吃的穿的去探了好幾次，總沒得見面。到巡警局，說是在偵緝隊；到偵緝隊，又說在司令部；到司令部，又說在軍法處。等我到軍法處，一個大兵指著門前的大牌樓，說在那裡。我一看可嚇壞了！他的腦袋就掛在那裡！我昏過去大半天，後來覺得有人把我扶起來，大概也灌了我一些薑湯，好容易把我救活了，我睜眼一瞧已是躺在屋裡的炕上，在我身邊的是一個我沒見過的姑娘。問起來，才知道是我兒子的朋友陳姑娘。那陳姑娘答允每月暫且供給我十塊錢，說以後成了事，官家一定有年俸給我養老。她說入要命黨也是做官，被人砍頭或槍斃也算功勞。我兒子的名字，一定會記在功勞簿上的。唉，現在的世界到底是怎麼一回事，我也糊塗了。陳姑娘養活了我，又把我的侄孫，他也是沒爹娘的，帶到她家，給他進學堂，現在還是她養著。」

老太太正要說下去，可為忽截著問：「你說這位陳姑娘，叫什麼名字？」

「名字？」他想了很久，才說：「我可說不清，我只叫她陳姑娘，我侄孫也叫她陳姑娘。她就住在肉市大街，誰都認識她。」

「是不是帶著一副紫色眼鏡的那位陳姑娘？」

老太太聽了他的問，像很興奮地帶著笑容望著他連連點頭說：「不錯，不錯，她帶的是紫色眼鏡。原來先生也認識她，陳姑娘。」她又低下頭去，接著說補充的話：

「不過，她晚上常不帶鏡子。她說她眼睛並沒毛病，只怕白天太亮了，戴著擋擋太陽，一到晚上，她便除下了。我見她的時候，還是不帶鏡子的多。」

「她是不是就在社會局做事？」

「社會局？我不知道。她好像也入了什麼會似地。她告訴我從會裡得的錢除分給我以外，還有兩三個人也是用她的錢。大概她一個月的入款最少總有二百多，不然，不能供給那麼些人。」

「她還做別的事嗎？」

「說不清。我也沒問過她，不過她一個禮拜總要到我這裡來三兩次，來的時候多半在夜裡，我看她穿得頂講究的。坐不一會，每有人來找她出去。她每告訴我，她夜裡有時比日裡還要忙。她說，出去做事，得應酬，沒法子，我想她做的事情一定很多。」

可為越聽越起勁，像那老婆子的話句句都與他有關係似地，他不由得問：「那麼，她到底住在什麼地方呢？」

「我也不大清楚，有一次她沒來，人來我這裡找她。那人說，若是她來，就說北下窪八號有人找，她就知道了。」

「北下窪八號，這是什麼地方？」

「我不知道。」老太太看他問得很急，很詫異地望著他。

可為楞了大半天，再也想不出什麼話問下去。

老太太也莫名其妙，不覺問此一聲：「怎麼，先生只打聽陳姑娘？難道她鬧出事來了麼？」

「不，不，我打聽她，就是因為妳的事，妳不說從前都是她供給你麼？現在怎麼又不供給了呢？」

「嗐！」老太太搖著頭，揸著拳頭向下一頓，接著說：「她前幾天來，偶然談起我兒子。她說我兒子的功勞，都教人給上在別人的功勞簿上了。她自己的事情也是飄飄搖搖，說不定那一天就要下來。她教我到老人院去掛個號，萬一她的事情不妥，我也有個退步，我到老人院去，院長說現在人滿了，可是還有幾個社會局的額，教我立刻找人寫稟遞到局裡去。我本想等陳姑娘來，請她替我辦，因為那晚上我們有點拌嘴，把她氣走了。她這幾天都沒來，教我很著急，昨天早晨，我就在局前的寫字攤花了兩毛錢，請那先生給寫了一張請求書遞進去。」

「看來，妳說的那位陳姑娘我也許認識，她也許就在我們局裡做事。」

「是麼？我一點也不知道。她怎麼今日不同您來呢？」

「她有三天不上衙門了。她說今兒下午去，我沒等她便出來啦。若是她知道，也省得我來。」

老太太不等更真切的證明，已認定那陳姑娘就是在社會局的那一位。她用很誠懇的眼光射在可為臉上問：「我說，陳姑娘的事情是不穩麼？」

「沒聽說，怕不至於罷。」

「她一個月支多少薪水？」

可為不願意把實情告訴她，只說：「我也弄不清，大概不少罷。」

老太太忽然沉下臉去發出失望帶著埋怨的聲音說：「這姑娘也許嫌我累了她，不願意再供給我了，好好的事情在做著，平白地瞞我幹什麼！」

「也許她別的用費大了，支不開。」

「支不開？從前她有丈夫的時候也天天嚷窮。可是沒有一天不見她穿緞戴翠，窮就窮到連一個月給我幾塊錢用也沒有，我不信，也許這幾年所給我的，都是我兒子的功勞錢，瞞著我，說是她拿出來的。不然，我同她既不是親，也不是戚，她憑什麼養我一家？」

可為見老太太說上火了，忙著安慰她說：「我想陳姑娘不是這樣人。現在在衙門裡做事，就是做一天算一天，誰也保不定能做多久，妳還是不要多心罷。」

老太太走前兩步，低聲地說：「我何嘗多心？她若是一個正經女人，她男人何至不要她。聽說她男人現時在南京或是上海當委員，不要她啦。他逃後，她的肚子漸漸大起來，花了好些錢到日本醫院去，才取下來。後來我才聽見人家說，他們並沒穿過禮服，連酒都沒請人喝過，怨不得拆得那麼容易。」

可為看老太太一雙小腳站得進一步退半步的，忽覺他也站了大半天，腳步未免也移動一下。老太太說：「先生，您若不嫌髒就請坐坐，我去沏一點水您喝，再把那陳姑娘的事細細地說給您聽。」可為對於陳的事情本來知道一二，又見老太太對於她的事業的不明了和懷疑，料想說不出什麼好話。即如到醫院墮胎，陳自己對他說是因為身體軟弱，醫生說非取出不可。關於她男人遺棄她的事，全局的人都知道，除他以外多數是不同情於她的。他不願意再聽她說下去，一心要去訪北下窪八號，看到底是個什麼人家。於是對老太太說：「不用張羅了，您的事情，我明天問問陳姑娘，一定可以為妳辦妥。我還有事，要到別處去，妳請歇著罷。」一面說，一面踏出院子。

老太太在後面跟著，叮嚀可為切莫向陳姑娘打聽，恐怕她說壞話。可為說：「斷不會，陳姑娘既然教妳到老人院，她總有苦衷，會說給我知道，妳放心罷。」出了門，可為又把剛才拿粉盒的手指舉到鼻端，且走且聞，兩眼像看見陳情就在他前頭走，彷彿是領他到北下窪去。

北下窪本不是熱鬧街市，站崗的巡警很悠遊地在街心踱來踱去。可為一進街口，不費力便看見八號的門牌，他站在門口，心裡想：「找誰呢？」他想去問崗警，又怕萬一問出了差，可了不得。他正在躊躇，當頭來了一個人，手裡一碗醬，一把蔥，指頭還吊著幾兩肉，到八號的門口，大嚷：「開門。」他便向著那人搶前一步，話也在急忙中想出來。

「那位常到這裡的陳姑娘來了麼？」

那人把他上下估量了一會，便問「那一位陳姑娘？您來這裡找過她麼？」

「我……」他待要說沒有時，恐怕那人也要說沒有一位陳姑娘。許久才接著說：我跟人家來過，我們來找過那位陳姑娘，她一頭的瀏海髮不像別人燙得像石獅子一樣，說話像南方人。

那人連聲說：「唔，唔，她不一定來這裡。要來，也得七八點以後。您貴姓？有什麼話請您留下，她來了我可以告訴她。」

「我姓胡，只想找她談談，她今晚上來不來？」

「沒準，胡先生今晚若是來，我替您找去。」

「你到那裡找她去呢？」

「哼，哼！！」那人笑著，說：「到她家裡，她家就離這裡不遠。」

「她不是住在肉市嗎？」

「肉市？不，她不住在肉市。」

「那麼她住在什麼地方？」

「她們這路人沒有一定的住所。」

「你們不是常到寶積寺去找她麼？」

「看來您都知道，是她告訴您她住在那裡麼？」

可為不由得又要扯謊，說：「是的，她告訴過我。不過方才我到寶積寺，那老太太說到這裡來找。」

「現在還沒黑」，那人說時仰頭看看天，又對著可為說：「請您上市場去繞個彎再回來，我替您叫她去。不然請進來歇一歇，我叫點東西您用，等我吃過飯，馬上去找她。」

「不用，不用，我回頭來罷。」可為果然走出胡同口，雇了一輛車上公園去，找一個僻靜的茶店坐下。

茶已沏過好幾次，點心也吃過，好容易等到天黑了。十一月的黝雲埋沒了無數的明星，懸在園裡的燈也被風吹得搖動不停，遊人早已絕跡了，可為直坐到聽見街上的更夫敲著二更，然後踱出園門，直奔北下窪而去。

門口仍是靜悄悄的，路上的人除了巡警，一個也沒有。他急進前去拍門，裡面大聲問：「誰？」

「我姓胡。」

門開了一條小縫，一個人露出半臉，問：「您找誰？」

「我找陳姑娘」，可為低聲說。

「來過麼？」那人問。

可為在微光裡雖然看不出那人的面目，從聲音聽來，知道他並不是下午在門口同他回答的那一個。他一手急推著門，腳先已踏進去，隨著說：「我約過來的。」

那人讓他進了門口，再端詳了一會，沒領他望那裡走，可為也不敢走了。他看見院子裡的屋干都像有人在裡面談話，不曉得進哪間合適，那人見他不像是來過的。便對他說：「先生，您跟我走。」

這是無上的命令，教可為沒法子不跟隨他，那人領他到後院去穿過兩重天井，過一個穿堂，才到一個小屋子，可為進去四圍一望，在燈光下只見鐵床一張，小梳妝桌一臺放在窗下，桌邊放著兩張方木椅。房當中安著一個發不出多大暖氣的火爐，門邊還放著一個臉盆架，牆上只有兩三隻凍死了的蠅蠅，還囚在籠裡像裝飾品一般。

「先生請坐，人一會就來。」那人說完便把門反掩著，可為這時心裡不覺害怕起來。他一向沒到過這樣的地方，如今只為要知道陳姑娘的祕密生活，冒險而來，一會她來了，見面時要說呢，若是把她羞得無地可容，那便造孽了。一會，他又望望那扇關著的門，自己又安慰自己說：「不妨，如果她來，最多是向她求婚罷了。……她若問我怎樣知道時，我必不能說看見她的舊粉盒子。不過，既是求愛，當然得說真話，我必得告訴她我的不該，先求她饒恕……。」

門開了，喜懼交迫的可為，急急把視線連在門上，但進來的還是方才那人。他走到可為跟前，說：「先生，這裡的規矩是先賞錢。」

「你要多少？」

「十塊，不多罷。」

可為隨即從皮包裡取出十元票子遞給他。

那人接過去。又說：「還請您打賞我們幾塊。」

可為有點為難了，他不願意多納，只從袋裡掏出一塊，說：「算了罷。」

「先生，損一點，我們還沒把茶錢和洗褥子的錢算上哪，多花您幾塊罷。」

可為說：「人還沒來，我知道你把錢拿走，去叫不去叫？」

「您這一點錢，還想叫什麼人？我不要啦，您帶著。」說著真個把錢都交回可為，可為果然接過來，一把就往口袋裡塞。那人見是如此，又搶進前攎住他的手，說：「先生，您這算什麼？」

「我要走，你不是不替我把陳姑娘找來嗎？」

「你瞧，你們有錢的人拿我們窮人開玩笑來啦？我們這裡有白進來，沒有白出去的。你要走也得，把錢留下。」

「什麼，你這不是搶人麼？」

「搶人？你平白進良民家裡，非奸即盜，你打什麼主意？」那人翻出一副凶怪的臉，兩手把可為拿定，又嚷一聲，推門進來兩個大漢，把可為團團圍住，問他：「你想怎樣？」可為忽然看見那麼些人進來，心裡早已著了慌，簡直鬧得話也說不出來。一會他才鼓著氣說：「你們真是要搶人麼？」

那三人動手掏他的皮包了，他推開了他們，直奔到門邊，要開門，不料那門是往裡開的，門裡的鈕也沒有了。手滑，擰不動，三個人已追上來，他們把他拖回去，說：「你跑不了，給錢罷，舒服要錢買，不舒服也得用錢買。你來找我們開心，不給錢，成麼？」

可為果真有氣了，他端起門邊的臉盆向他們扔過去，臉盆掉在地上，砰嘣一聲，又進來兩個好漢，現在屋裡是五個打一個。

「反啦？」剛進來的那兩個同聲問。

可為氣得鼻息也粗了。

「動手罷。」說時遲，那時快，五個人把可為的長掛子剝下來，取下他一個大銀錶，一枝墨水筆，一個銀包，還送他兩拳，加兩個耳光。

他們搶完東西，把可為推出房門，用手中包著他的眼和塞著他的口，兩個攎著他的手，從一扇小門把他推出去。

可為心裡想：「糟了！他們一定下毒手要把我害死了！」手雖然放了，卻不曉得抵抗，停一回，見沒有什麼動靜，才把嘴裡手中拿出來，把綁眼的手中打開，四圍一望原來是一片大空地，不但巡警找不著，連燈也沒有。他心裡懊悔極了，到這時才疑信參半，自己又問：「到底她是那天酒店前的車夫所說的陳皮梅不是？」慢慢地踱了許久才到大街，要報警自己又害羞，只得急急雇了一輛車回公寓。

他在車上，又把午間拿粉盒的手指舉到鼻端間，忽而覺得兩頰和身上的餘痛還在，不免又去摩挲摩挲。在道上，一連打了幾個噴嚏，才記得他的大衣也沒有了。回到公寓，立即把衣服穿上，精神興奮異常，自在廳上踱來踱去，直到極疲乏的程度才躺在床上。闔眼不到兩個時辰，睜開眼時，已是早晨九點，他忙爬起來坐在床上，覺得鼻子有點不透氣，於是急急下床教夥計提熱水來。過一會，又匆匆地穿上厚衣服，上街門去，他到辦公室，嚴莊和子清早已各在座上。

「可為，怎麼今天晚到啦？」子清問。

「傷風啦，本想不來的。」

「可為，新聞又出來了！」嚴莊遞給可為一封信，這樣說。「這是陳情辭職的信，方才一個孩子交進來的。」

「什麼？她辭職！」可為詫異了。

「大概是昨天下午同局長鬧翻了。」子清用報告的口吻接著說，「昨天我上局長辦公室去回話，她已先在裡頭，我坐在室外候著她出來。局長照例是在公事以外要對她說些『私事』，我說的『私事』你明白。」他笑向著可為，「但是這次不曉得為什麼鬧翻了。我只聽見她帶著氣說：『局長，請不要動手動腳，在別的夜間你可以當我是非人，但在日間我是個人，我要在社會做事，請您用人的態度來對待我。』我正注神聽著，她已大踏步走近門前，接著說：『撤我的差罷，我的名譽與生活再也用不著您來維持了。』我停了大半天，至終不敢進去回話，也回到這屋裡。我進來，她已走了。老嚴，你看見她走時的神氣麼？」

「我沒留神，昨天她進來，像沒坐下，把東西檢一檢便走了，那時還不到三點。」嚴莊這樣回答。

「那麼，她真是走了。你們說她是局長的候補姨太，也許永不能證實了。」可為一面接過信來打開看，信中無非說些官話。他看完又摺起來，納在信封裡，按鈴叫人送到局長室。他心裡想陳情總會有信給他，便注目在他的桌上，明漆的桌面只有昨夜的宿塵，連紙條都沒有。他坐在自己的位上，回想昨夜的事情，同事們以為他在為陳情辭職出神，調笑著說：「可為，別再想了，找苦惱受幹什麼？方才那送信的孩子說，她已於昨天下午五點鐘搭火車走了，你還想什麼？」

說者無心，聽者有意，可為只回答：「我不想什麼，只估量她到底是人還是非人。」說著，自己摸自己的嘴巴，這又引他想起在屋裡那五個人待遇他的手段。他以為自己很笨，為什麼當時不說是社會局人員，至少也可以免打。不，假若我說是社會局的人，他們也許會把我打死咧。……無論如何，那班人都可惡，得通知公安局去逮捕，房子得封，家具得充公。他想有理，立即打開墨盒，鋪上紙，預備起信稿，寫到「北下窪八號」，忽而記起陳情那個空粉盒。急急過去，抽開屜子，見原物仍在，他取出來，正要望袋裡藏，可巧被子清看見。

「可為，到她屜裡拿什麼？」

「沒什麼！昨天我在她座位上辦公，忘掉把我一盒日快丸拿去，現在才記起。」他一面把手插在袋裡，低著頭，回來本位，取出小手中來擤鼻子。

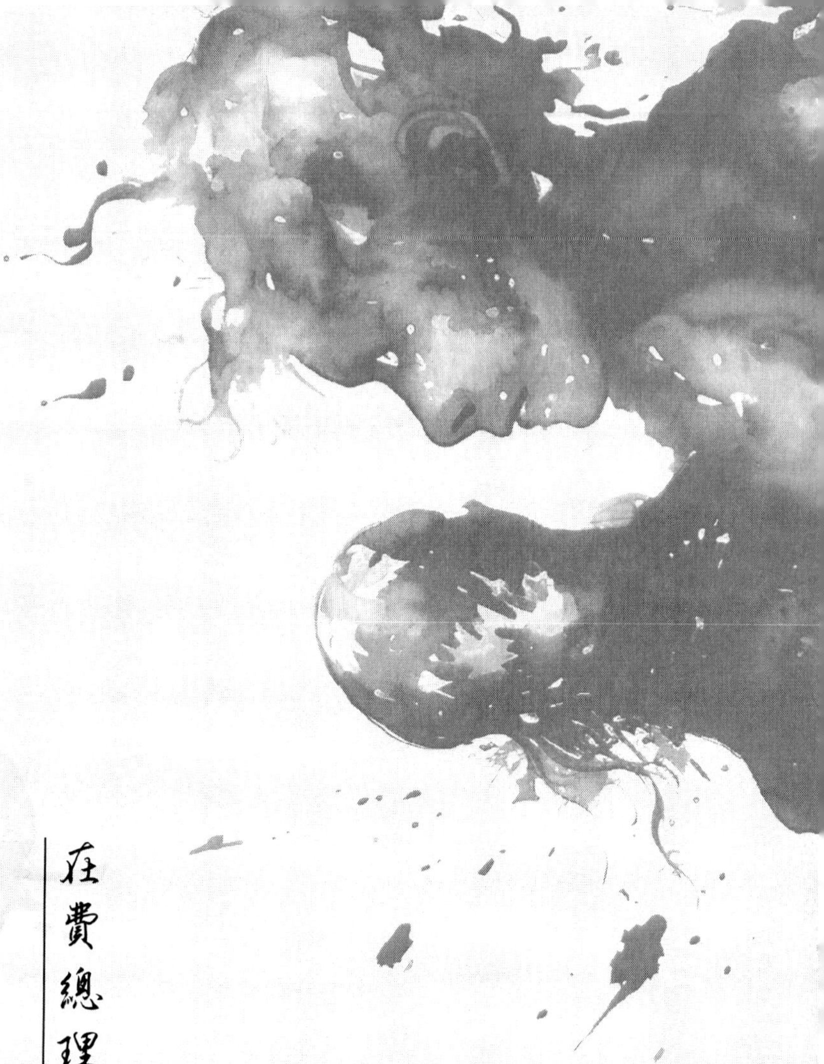

在費總理的客廳裡

費總理的會客廳裡面的陳設都能表示他是一個辦慈善事業具有熱心和經驗的人。梁上懸著兩塊「急公好義」和「善與人同」的匾額，自然是第一和第二任大總統頒賜的，我們看當中蓋著一方「榮典之璽」的印文便可以知道。在兩塊匾當中懸著一塊「敦詩說禮之堂」的題額，聽說是花了幾百圓的潤筆費請求康老先生寫的。因為總理要康老先生多寫幾個字，所以他的堂名會那麼長。四圍牆上的裝飾品無非是褒獎狀、格言聯對、天官賜福圖、大鏡之類。廳裡的鏡框很多，最大的是對著當街的窗戶那面西洋大鏡。廳裡的傢俬都是用上等楠木製成。幾桌之上雜陳些新舊真假的古董和東西洋大小自鳴鐘。廳角的書架上除了兒本《孝經》、《治家格言注》、《理學大全》和些日報以外，其餘的都是募捐冊和幾冊名人的介紹字跡。

當差的引了一位穿洋服、留著鬍子的客人進來，說：「請坐一會兒，總理就出來。」客人坐下了。當差的進裡面去，好像對著一個丫頭說：「去請大爺，外頭有位黃先生要見他。」裡面隱約聽見一個女人的聲音說：「翠花，爺在五太房間哪。」我們從這句話可以斷定費總理的家庭是公雞式的，他至少有五位太太，丫頭還不算在內。其實這也算不了怎麼一回事，在這個禮教之邦，又值一般大人物及當代政府提倡「舊道德」的時候，多納幾位「小星」，既足以增門第的光榮，又可以為敦倫之一助，有些少身家的人不娶姨太都要被人笑話，何況時時墊款出來辦慈善事業的費總理呢！

已經過一刻鐘了，客人正在左觀右望的時候，主人費總理一面整理他的長褂，一面踏進客廳，連連作揖，說：「失迎了，對不住，對不住！」黃先生自然要趕快答禮說：「豈敢，豈敢。」賓主敘過寒暄，客人便言歸正傳，向總理說：「鄙人在本鄉也辦了一個婦女慈善工廠，每聽見人家稱讚您老先生所辦的民生婦女慈善習藝工廠成績很好，所以今早特意來到，請老先生給介紹到貴工廠參觀參觀，其中一定有許多可以為敝廠模範的地方。」

總理的身材長短正合乎「讀書人」的度數，體質的柔弱也很相稱。他那副玄黃相雜的牙齒，很能表現他是個闊人。若不是一天抽了不少的鴉片，絕不能使他的牙齒染出天地的正色來！他顯出很謙虛的態度，對客人詳述他創辦民生女工廠的宗旨和最近發展的情形。從他的話裡我們知道工廠的經費是向各地捐來的。女工們盡是鄉間婦女。她們學的手藝都很平常，多半是織襪、花邊、裁縫，那等輕巧的工藝。工廠的出品雖然很多，銷路也很好，依理說應當賺錢，可是從總理的敘述上，他每年總要賠墊一萬幾千塊錢！

總理命人打電話到工廠去通知說黃先生要去參觀，又親自寫了幾個字在他自己的名片上作為介紹他的證據。黃先生顯出感謝的神氣，站起來向主人鞠躬告辭，主人約他晚間回來吃便飯。

主人送客出門時，順手把電扇的制鈕轉了，微細的風還可以使書架上那幾本《孝經》之類一頁一頁地被吹起來，還落下去。主人大概又回到第幾姨太房裡抽鴉片去。客廳裡頓然寂靜了。不過上房裡好像有女人哭罵的聲音，隱約聽見「我是有夫之婦……你有錢也不成……」，其餘的就聽不清了。午飯剛完，當差的又引導了一位客人進來，遞過茶，又到上房去回報說：「二爺來了」

二爺與費總理是交換蘭譜的兄弟。實際上他比總理大三四歲，可是他自己一定要說少三兩歲，情願列在老弟的地位。這也許是因為他本來排行第二的緣故。他的臉上現出很焦急的樣子，恨不能立時就見著總理。

這次總理卻不教客人等那麼久。他也沒穿長褂，手捧著水煙筒，一面吹著紙捻，進到客廳裡來。他說：「二弟吃過飯沒有？怎麼這樣著急？」

「大哥，咱們的工廠這一次恐怕免不了又有麻煩。不曉得誰到南方去報告說咱們都是土豪劣紳，聽說他們來到就要查辦咧。我早晨為這事奔走了大半天，到現在還沒吃中飯哪。假使他們發現了咱們用民生工廠的捐款去辦興華公司，大哥，你有什麼方法對付？若是教他們查出來，咱們不挨槍斃也得擔個無期徒刑！」

總理像很有把握的神氣，從容地說：「二弟，別著急，先叫人開飯給你吃，咱們再商量。」他按電鈴，叫人預備飯菜，接著對二爺說：「你到底是膽量不大，些小事情還值得這麼驚惶！『土豪劣紳』的名詞難道還會加在慈善家的頭上不成？假使人來查辦，一領他們到這敦詩說禮之堂來看看，捐冊、帳本、褒獎狀，件件都是來路分明，去路清楚，他們還能指摘什麼，咱們當然不要承認興華公司的資本就是民生工廠的捐款。世間沒有不許辦慈善事業的人兼為公司的道理，法律上也沒有講不過去的地方。」

「怕的是人家一查，查出咱們的款項來路分明，去路不清。我跟著你大哥辦慈善事業，倒辦出一身罪過來了，怎辦，怎辦？」二爺說得非常焦急。

「你別慌張，我對於這事早已有了對付的方法。咱們並沒有直接地提民生工廠的款項到興華公司去用。民生的款項本來是慈善性質，消耗了是當然的事體，只要咱們多劃幾筆帳便可以敷衍過去。其實捐錢的人，誰來考查咱們的帳目？捐一千幾百塊的，本來就衝著咱們的面子，不好意思不捐，實在他們也不是為要辦慈善事業而捐錢，他們的錢一拿出來，早就存著輸了幾臺麻雀的心思，捐出去就算了。只要他們來到廠裡看見他們的名牌高高地懸掛在會堂上頭，他們就心滿意足了。還有捐一百幾十的『無名氏』，我們也可以從中想法子。在四五十個捐一百元的『無名氏』當中，我們可以只報出三四個，那捐款的人個個便會想著報告書上所記的便是他。這裡豈不又可以挖出好些錢來？至於那班捐一塊幾毛錢的，他們要查帳，咱們也得問問他們配不配。」

「然則工廠基金捐款的問題呢？」二爺又問。

「工廠的基金捐款也可以歸在去年證券交易失敗的帳裡。若是查到那一筆，至多是派咱們『付託失當，經營不善』這幾個字，也擔不上什麼處分，更掛不上何等罪名。再進一步說，咱們的興華公司，表面上豈不能說是為工廠銷貨和其他利益而設的？又公司的股東，自來就沒有咱姓費的名字，也沒你二爺的名字，咱的姨太開公司難道是犯罪行為？總而言之，咱們是名正言順，請你不要慌張害怕。」他一面說，一面把水煙筒吸得嘩羅嘩羅地響。

二爺聽他所說，也連連點頭說：「有理有理！工廠的事，咱們可以說對得起人家，就是查辦，也管教他查出功勞來。……然而，大哥，咱們還有一樁案未了。你記得去年學生們到咱們公司去檢貨，被咱們的夥計打死了他們兩個人，這樁案件，他們來到，一定要辦的。昨天我就聽見人家說，學生會已宣布了你、我的罪狀，又要把什麼標語、口號貼在街上。不但如此，他們又要把咱們夥計冒充日籍的事實揭露出來。我想這事比工廠的問題還要重大。這真是要咱們的身家、性命、道德、名譽咧。」

總理雖然心裡不安，但仍鎮靜地說：「那件事情，我已經拜託國仁向那邊接洽去了，結果如何，雖不敢說定，但據我看來，也不致於有什麼危險。國仁在南方很有點勢力，只要他向那邊的當局為咱們說一句好話，咱們再用些錢，那就沒有事了。」

「這一次恐怕錢有點使不上罷，他們以廉潔相號召，難道還能受賄賂？」

「咳！二弟你真是個老實人！世間事都是說的容易做的難。何況他們只是提倡廉潔政府，並沒明說廉潔個人。政府當然是不會受賄賂的，歷來的政府哪一個受過賄呢？反正都是和咱們一類的人，誰不愛錢？只要咱們送得有名目，人家就可以要。你如心裡不安，就可以立刻到國仁那裡去打聽一下，看看事情進行到什麼程度。」

「那麼，我就去罷。我想這一次用錢有點靠不住。」

總理自然願意他立刻到國仁那裡去打聽。他不但可以省一頓客飯，並且可以得著那椿案件的最近消息。他說：「要去還得快些去，飯後他是常出門的。你就在外頭隨便吃些東西罷。可惡的廚子，教他做一頓飯到大半天還沒做出來！」他故意叫人來罵了幾句，又吩咐給二爺僱車。不一會，車雇得了，二爺站起來順便問總理說：「芙蓉的事情和諧罷？恭喜你又添了一位小星。」總理聽見他這話，臉上便現出不安的狀態。他回答說：「現在沒有工夫和你細談那事，回頭再給你說罷。」他又對二爺說：「你快去快回來，今晚上在我這裡吃晚飯罷。我請了一位黃先生，正要你來陪。國仁有工夫，也請他來。」

二的女人開著汽車從窗外經過，車上只坐著她的愛犬。很可怪的就是坐在汽車上那隻畜生不時伸出頭來向路人狂吠，表示它是闊人的狗！它的吠聲在費總理的客廳裡也可以聽爺坐上車，匆匆地到國仁那裡去了。總理沒有送客出門，自己吸著水煙，回到上房。當差的進客廳裡來，把桌上茶杯裡的剩茶倒了，然後把它們擱在架上。客廳裡現在又寂靜了。我們只能從壁上的鏡子裡看見街上行人的反影，其中看見時髦見。

時辰鐘剛敲過三下，客廳裡又熱鬧起來了。民生工廠的庶務長魏先生領著一對鄉下夫婦進來，指示他們總理客廳裡的陳設。鄉下人看見當中二塊匾就聯想到他們的大宗祠裡也懸著像旁邊兩塊一樣的東西，聽說是皇帝賜給他們第幾代的祖先的。總理客廳裡的大小自鳴鐘、新舊古董和一切的陳設，教他們心裡想著就是皇帝的金鑾殿也不過是這般布置而已。

他們都坐下，老婆子不歇地摩挲放在身邊的東西，心裡有的是讚羨。

魏先生對他們說：「我對你們說，你們不信，現在理會了。我們的總理是個有身家有名譽的財主，他看中了芙蓉就算你們兩人的造化。她若嫁給總理做姨太，你們不但不愁沒得吃的、穿的、住的，就是將來你們那個小狗兒要做一任縣知事也不難。」

老頭子說：「好倒很好，不過芙蓉是從小養來給小狗兒做媳婦，若是把她嫁了，我們不免要吃她外家的官司。」

老婆子說：「我們送她到工廠去也是為要使她學些手藝，好教我們多收些錢財，現在既然是總理財主要她，我們只得怨小狗兒沒福氣。總理財主如能吃得起官司，又保得我們的小狗兒做個營長、旅長，那我們就可以要一點財禮為他另娶一個回來。我說魏老爺呀，營長是不是管得著縣知事？您方才說總理財主可以給小狗兒一個縣知事做，我想還不如做個營長、旅長更好。現在做縣知事的都要受氣，聽說營長還可以升到督辦哪。」

魏先生說：「只要你們答應，天大的官司，咱們總理都吃得起。你看咱們總理幾位姨太的親戚沒有一個不是當闊差事的。小狗兒如肯把芙蓉讓給總理，那愁他不得著好差事！不說是營長、旅長，他要什麼就得什麼。」

老頭子是個明理知禮的人，他雖然不大願意，卻也不敢違忤魏先生的意思。他說：「無論如何，咱們兩個老夥計是不能完全做主的。這個還得問問芙蓉，看她自己願意不願意。」

魏先生立時回答他說：「芙蓉一定願意。只要你們兩個人答應，一切的都好辦了。她昨晚已在這裡上房住一宿，若不願意，她肯麼？」

老頭子聽見芙蓉在上房住一宿就很不高興。魏先生知道他的神氣不對，趕快對他說明工廠裡的習慣，女工可以被雇到廠外做活去。總理也有權柄調女工到家裡當差，譬如翠花、菱花們，都是常川在家裡做工的。昨晚上剛巧總理太太有點活要芙蓉來做，所以住了一宿，並沒有別的緣故。

芙蓉的公姑請求叫她出來把事由說個明白，問她到底願意不願意。不一會，翠花領著芙蓉進到客廳裡。她一見著兩位老人家，便長跪在地上哭個不休。她嚷著說：「我的爹媽，快帶我回家去罷，我不能在這裡受人家欺侮。……我是有夫之婦。我絕不能依從他。他有錢也不能買我的志向。……」

她的聲音可以從窗戶傳達到街上，所以魏先生一直勸她不要放聲哭，有話好好地說。老婆子把她扶起來，她咒罵了一場，氣泄過了，聲音也漸漸低下去。

老婆子到底是個貪求富貴的人，她把芙蓉拉到身邊，細聲對她勸說，說她若是嫁給總理財主，家裡就有這樣好處，那樣好處。但她至終抱定不肯改嫁，更不肯嫁給人做姨太的主意。她寧願回家跟著小狗兒過日子。

魏先生雖然把她勸不過來，心裡卻很佩服她。老少喧嚷過一會，芙蓉便隨著她的公姑回到鄉間去。魏先生把總理請出來，對他說那孩子很刁，不要也罷，反正廠裡短不了比她好看的女人。總理也罵她是個不識抬舉的賤人，說她昨夜和早晨怎樣在上房吵鬧。早晨他送完客，回到上房的時候，從她面前經過，又被她侮辱了一頓。若不是他一意要她做姨太，早就把她一腳踢死。他教魏先生回到工廠去，把芙蓉的名字開除，還教他從工廠的臨時費支出幾十塊錢送給她家人，教他們不要播揚這事。

五點鐘過了。幾個警察來到費總理家的門房，費家的人個個都捏著一把汗，心裡以為是芙蓉同著她的公姑到警察廳去上訴，現在來傳人了。警察們倒不像來傳人的樣子。他們只報告說：「上頭有話，明天歡迎總司令、總指揮，各家各戶都得掛旗。」費家的大小這才放了心。

當差的說：「前幾天歡送大帥，你們要人掛旗，明天歡迎總司令，又要掛旗，整天掛旗，有什麼意思？」

「這是上頭的命令，我們只得照傳。不過明天千萬別掛五色國旗，現在改用海軍旗做國旗。」

「哪裡找海軍旗去？這都是你們警廳的主意，一會要人掛這樣的旗，一會又要人掛那樣的旗。」

「我們也管不了。上頭說掛龍旗，我們便教掛龍旗；上頭說掛紅旗，我們也得照傳，教掛紅旗。」

警察叮嚀了一會，又往別家通告去了。客廳的大鏡裡已經映著街上一家新開張的男女理髮所門門掛著兩面二丈四長、垂到地上的黨國大旗。那旗比新華門平時所用的還要大，從遠地看來，幾乎令人以為是一所很重要的行政機關。

掌燈的時候到了。費總理的客廳裡安排著一席酒，是為日間參觀工廠的黃先生預備的。還是庶務長魏先生先到。他把剛才總理吩咐他去辦的事情都辦妥了。他又對總理說他已買了兩面新的國旗。總理說他不該買新的，費那麼些錢，他說應當到估衣鋪去蒐羅。原來總理以為新的國旗可以到估衣鋪去買。

二爺也到了。從他眉目的舒展可以知道他所得的消息是不壞的。他從袖裡掏出幾本書本，對費總理說：「國仁今晚要搭專車到保定去接司令，不能來了。他教我把這幾本書帶來給你看。他說此後要在社會上做事，非能背誦這裡頭的字句不成。這是新頒的《聖經》，一點一畫也不許人改易的。」

他雖然說得如此鄭重，總理卻慢慢地取過來翻了幾遍。他在無意中翻出「民生主義」幾個字，不覺狂喜起來，對二爺說：「咱們的民生工廠不就是民生主義麼？」

「有理有理。咱們的見解原先就和中山先生一致呵！」二爺又對總理說國仁已把事情辦妥，前途大概沒有什麼危險。

總理把幾本書也放在《孝經》、《治家格言》等書上頭。也許客廳的那一個犄角就是他的圖書館！他沒有別的地方藏書。

黃先生也到了，他對於總理所辦的工廠十分讚美，總理也謙讓了幾句，還對他說他的工廠與民生主義的關係，黃先生越發佩服他是個當代的社會改良家兼大慈善家，更是總理的同志。他想他能與總理同席，是一樁非常榮幸可以記在參觀日記上頭、將來出版公布的事體。他自然也很羨慕總理的闊綽。心裡想著，若不是財主，也做不了像他那樣的慈善家。他心中最後的結論以為若不是財主，就沒有做慈善家的資格。可不是！

賓主人席，暢快地吃喝了一頓，到十點左右，各自散去。客廳裡現在只剩下幾個當差的在那裡收拾杯盤。器具摩盪的聲音與從窗外送來那家新開張的男女理髮所的留聲機唱片的聲音混在一起。

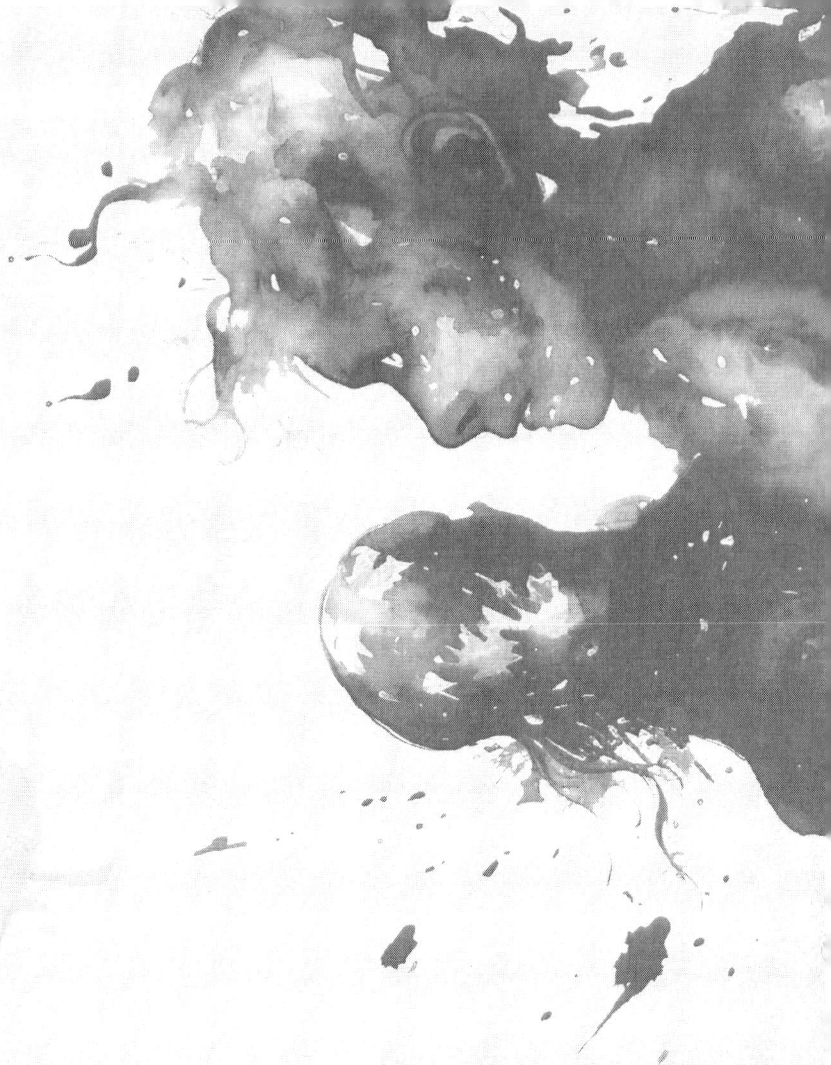

三博士

窄窄的店門外，貼著「承寫履歷」、「代印名片」、「當日取件」、「承印訃聞」等等廣告。店內幾個小徒弟正在忙著，踩得機輪軋軋地響。推門進來兩個少年，吳芬和他的朋友穆君，到櫃檯上。

吳先生說：「我們要印名片，請你拿樣本來看看。」

一個小徒弟從機器那邊走過來，拿了一本樣本遞給他，說：「樣子都在裡頭啦。請您挑罷。」

他和他的朋友接過樣本來，約略翻了一遍。

穆君問：「印一百張，一會兒能得嗎？」

小徒弟說：「得今晚來。一會兒趕不出來。」

吳先生說：「那可不成，我今晚七點就要用。」

穆君說：「不成，我們今晚要去赴會，過了六點，就用不著了。」

小徒弟說：「怎麼今晚那麼些赴會的？」他說著，順手從櫃檯上拿出幾匣印得的名片，告訴他們：「這幾位定的名片都是今晚赴會用的，敢情您兩位也是要赴那會去的罷。」

穆君同吳先生說：「也許是罷。我們要到北京飯店去赴留美同學化裝跳舞會。」

穆君又問吳先生說：「今晚上還有大藝術家枚宛君博士嗎？」

吳先生說：「有他罷。」

穆君轉過臉來對小徒弟說：「那麼，我們一人先印五十張，多給你些錢，馬上就上版，我們在這裡等一等。現在已經四點半了，半點鐘一定可以得。」

小徒弟因為掌櫃的不在家，躊躇了一會，至終答應了他們。他們於是坐在櫃檯旁的長凳上等著。吳先生拿著樣本在那裡有意無意地翻。穆君一會兒拿起白話小報看看，一會又到機器旁邊看看小徒弟的工作。小徒弟正在撤版，要把他的名字安上去，一見穆君來到，便說：「這也是今晚上要赴會用的，您看漂亮不漂亮？」他拿著一張名片遞給穆君看。他看見名片上寫的是「前清監生，民國特科俊士，美國烏約克柯藍卑阿大學特贈博士，前北京政府特派調查歐美實業專使隨員，甄輔仁。」後面還印上本人的銅版造像：一頂外國博士帽正正地戴著，金繸子垂在兩個大眼鏡正中間，臉模倒長得不錯，看來像三十多歲的樣子。他把名片拿到吳先生跟前，說：「你看這人你認識嗎？頭銜倒不寒傖。」

吳先生接過來一看，笑說：「這人我知道，卻沒見過。他哪裡是博士，那年他當隨員到過美國，在紐約住了些日子，學校自然沒進，他本來不是念書的。但是回來以後，滿處告訴人說憑著他在前清捐過功名，美國特贈他一名博士。我知道他這身博士衣服也是跟人借的。你看他連帽子都不會戴，把縫子放在中間，這是哪一國的禮帽呢？」

穆君說：「方才那徒弟說他今晚也去赴會呢。我們在那時候一定可以看見他。這人現在幹什麼？」

吳先生說：「沒有什麼事罷。聽說他急於找事，不曉得現在有了沒有。這種人有官做就去做，沒官做就想辦教育，聽說他現在想當教員哪。」

兩個人在店裡足有三刻鐘，等到小徒弟把名片焙乾了，拿出來交給他們。他們付了錢，推門出來。

在街上走著，吳先生對他的朋友說：「你先去辦你的事，我有一點事要去同一個朋友商量，今晚上北京飯店見罷。」

穆君笑說：「你又胡說了，明明為去找何小姐，偏要撒謊。」

吳先生笑說：「難道何小姐就不是朋友嗎？她約我到她家去一趟，有事情要跟我商量。」

穆君說：「不是訂婚罷？」

「不，絕對不。」

「那麼，一定是你約她今晚上同到北京飯店去，人家不去，你定要去求她，是不是？」

「不，不。我倒是約她來的，她也答應跟我去。不過她還有話要跟我商量，大概是屬於事務的，與愛情毫無關係罷。」

「好吧，你們商量去，我們今晚上見。」

穆君自己上了電車，往南去了。

吳先生雇了洋車，穿過幾條胡同，來到何宅。門役出來，吳先生給他一張名片，說：「要找大小姐。」

僕人把他的名片送到上房去。何小姐正和她的女朋友黃小姐在妝檯前談話，便對當差的說：「請到客廳坐罷，告訴吳先生說小姐正會著女客，請他候一候。」僕人答應著出去了。

何小姐對她朋友說：「你瞧，我一說他，他就來了。我希望妳喜歡他。我先下去，待一會兒再來請妳。」她一面說，一面燙著她的頭髮。

她的朋友笑說：「妳別給我瞎介紹啦。妳準知道他一見便傾心麼？」

「留學生回國，有些是先找事情後找太大的，有些是先找太太後謀差事的。有些找太太不找事，有些找事不找太太，有些什麼都不找。像我的表哥輔仁他就是第一類的留學生。這位吳先生可是第二類的留學生。所以我把他請來，一來托他給輔仁表哥找一個地位，二來想把妳介紹給他。這不是一舉兩得嗎？他急於成家，自然不會很挑眼。」

女朋友不好意思搭腔，便換個題目問她說：「妳那位情人，近來有信嗎？」

「常有信，他也快回來了。妳說多快呀，他前年秋天才去的，今年便得博士了。」

何小姐很得意地說。

「你真有眼。從前他與你同在大學念書的時候，他是多麼奉承妳呢。若他不是妳的情人，我一定要愛上他。」

「那時候妳為什麼不愛他呢？若不是他出洋留學，我也沒有愛他的可能。那時他多麼窮呢，一件好衣服也捨不得穿，一頓飯也捨不得請人吃，同他做朋友面子上真是有點不好過。我對於他的愛情是這兩年來才發生的。」

「他倒是裝成的一個窮孩子。但他有特別的聰明，樣子也很漂亮，這會回來，自然是特別不同了。我最近才聽見人說他祖上好幾代都是讀書人，不曉得他告訴妳沒有。」

何小姐聽了，喜歡得眼眉直動，把燙鉗放在酒精燈上，對著鏡子調理她的兩鬢。她說：「他一向就沒告訴過我他的家世。我問他，他也不說。這也是我從前不敢同他交朋友的一個原因。」

她的朋友用手捋捋她腦後的頭髮，向著鏡裡的何小姐說：「聽說他家裡也很有錢，不過他喜歡裝窮罷了。妳當他真是一個窮鬼嗎？」

「可不是，他當出國的時候，還說他的路費和學費都是別人的呢。」

「用他父母的錢也可以說是別人的。」她的朋友這樣說。

「也許他故意這樣說罷。」她越發高興了。

黃小姐催她說：「頭髮燙好了，妳快下去罷。關於他的話還多著呢。回頭我再慢慢地告訴妳。教客廳裡那個人等久了，不好意思。」

「妳瞧，未曾相識先有情。多停一會兒就把人等死了！」她奚落著她的女朋友，便起身要到客廳去。走到房門口正與表哥輔仁撞個滿懷。表妹問，「你急什麼？險些兒把人撞倒！」

「我今晚上要化裝做交際明星，借了這套衣服，請妹妹先給我打扮起來，看看時樣不時樣。」

「你到媽屋裡去，教丫頭們給你打扮罷。我屋裡有客，不方便。你打扮好就到那邊給我去瞧瞧。瞧你淨以為自己很美，淨想扮女人。」

「這年頭扮女人到外洋也是博士待遇，為什麼扮不得？」

「怕的是你扮女人，會受『遊街示眾』的待遇咧。」

她到客廳，便說：「吳博士，久候了，對不起。」

「沒有什麼。今晚上妳一定能賞臉罷。」

「豈敢。我一定奉陪。您瞧我都打扮好了。」

主客坐下，敘了些閒話。何小姐才說她有一位表哥甄輔仁現在沒有事情，好歹在教育界給他安置一個地位。在何小姐方面，本不曉得她表哥在外洋到底進了學校沒有。她只知道他是藉著當隨員的名義出國的。她以為一留洋回來，假如倒楣也可以當一個大學教授，吳先生在教育界很認識些可以為力的人，所以非請求他不可。在吳先生方面，本知道這位甄博士的來歷，不過不知道他就是何小姐的表兄。這一來，他也不好推辭，因為他也有求於她。何小姐知道他有幾分愛她，也不好明明地拒絕，當他說出情話的時候，只是笑而不答。她用別的話來支開。

她問吳博士說：「在美國得博士不容易罷？」

「難極啦。一篇論文那麼厚。」他比仿著，接下去說，「還要考英、俄、德、法幾國文字，好些老教授圍著你，好像審犯人一樣。稍微差了一點，就通不過。」

何小姐心裡暗喜，喜的是她的情人在美國用很短的時間，能夠考上那麼難的博士。

她又問：「您寫的論文是什麼題目？」

「凡是博士論文都是很高深很專門的。太普通和太淺近的，不說寫，把題目一提出來，就通不過。近年來關於中國文化的論文很時興，西方人厭棄他們的文化，想得些中國文化去調和調和。我寫的是一篇《麻雀牌與中國文化》。這題目重要極了。我要把麻雀牌在中國文化和世界文化的地位介紹出來。我從中國經書裡引出很多的證明，如《詩經》裡『誰謂雀無角，何以穿我屋』的『雀』便是麻雀牌的『雀』。為什麼呢？真的雀哪會有角呢？一定是麻雀牌才有八隻角呀。『穿我屋』表示當時麻雀很流行，幾乎家家都穿到的意思。可見那時候的生活很豐裕，像現在的美國一樣。這個鐵證，無論哪一個學者都不能推翻。又如『索子』本是『竹子』，寧波音讀『竹』為『索』，也是我考證出來的。還有一個理論是麻雀牌的名字是從『一竹』得來的。做牌的人把『一竹』雕成一隻鳥的樣子，沒有學問的人便叫它做『麻雀』，其實是一隻鳳，取『鳴風在竹』的意思。這個理論與我剛才說的雀也不衝突，因為鳳凰是貴族的，到了做那首詩的時代，已經民眾化了，變為小家雀了。此外還有許多別人沒曾考證過的理論，我都寫在論文裡。您若喜歡念，我明天就送一本過來獻獻醜。請您指教指教。我寫的可是英文。我為那論文花了一千多塊美金。您看要在外國得個博士多難呀，又得花時間，又得花精神，又得花很多的金錢。」

何小姐聽他說得天花亂墜，也不能評判他說的到底是對不對，只一味地稱讚他有學問。她站起來，說：「時候快到了，請你且等一等，我到屋裡裝飾一下就與你一同去。我還要介紹一位甜人給你。我想你一定會很喜歡她。」她說著便自出去了。吳博士心裡直盼著要認識那人。

她回到自己屋裡，見黃小姐張皇地從她的床邊走近前來。

「妳放什麼在我床裡啦？」何小姐問。

「沒什麼。」

「我不信。」何小姐一面說一面走近床邊去翻她的枕頭。她搜出一捲筒的郵件，指著黃小姐說，「妳還搗鬼！」

黃小姐笑說：「這是剛才外頭送進來的。所以把它藏在你的枕底，等妳今晚上次來，可以得到意外的喜歡。我想那一定是妳的甜心寄來的。」

「也許是他寄來的罷。」她說著，一面打開那捲筒，原來是一張文憑。她非常地喜歡，對著她的朋友說：「妳瞧，他的博士文憑都寄來給我了！多麼好看的一張文憑呀，羊皮做的咧！」

她們一同看著上面的文字和金印。她的朋友拿起空筒子在那裡摩挲裡，顯出是很羨慕的樣子。

何小姐說：「那邊那個人也是一個博士呀，妳何必那麼羨慕我的呢？」

她的朋友不好意思，低著頭儘管看那空筒子。

黃小姐忽然說：「妳瞧，還有一封信呢！」她把信取出來，遞給何小姐。

何小姐把信拆開，唸著：

最親愛的何小姐：

我的目的達到，妳的目的也達到了。現在我把這一張博士文憑寄給你。我的論文是〈油炸膾與燒餅的成分〉。這題目本來不難，然而在這學校裡，前幾年有一位中國學生寫了一篇〈北京松花的成分〉也得著博士學位，所以外國博士到底是不難得。論文也不必選很艱難的問題。

我寫這論文的緣故都是為妳，為得妳的愛，現在妳的愛教我在短期間得到，我的目的已達到了。妳別想我是出洋念書，其實我是出洋爭口氣。我並不是沒本領，不出洋本來也可以，無奈迫於妳的要求，若不出來，倒顯得我沒有本領，並且還要冒個「窮鬼」的名字。現在洋也出過了，博士也很容易地得到了，這口氣也爭了，我的生活也可以了結了。我不是不愛妳，但我愛的是性情，妳愛的是功名；我愛的是內心，妳愛的是外形，對象不同，而愛則一。然而妳要知道人類所以和別的動物不同的地方便是在戀愛的事情上，失戀固然可以教他自殺，得戀也可以教他自殺。禽獸會因失戀而自殺，卻不會在承領得意的戀愛滋味的時候去自殺，所以和人類不同。

別了，這張文憑就是對於我的紀念品，請妳收起來。無盡情意，筆不能宣，萬祈原宥。

三博士

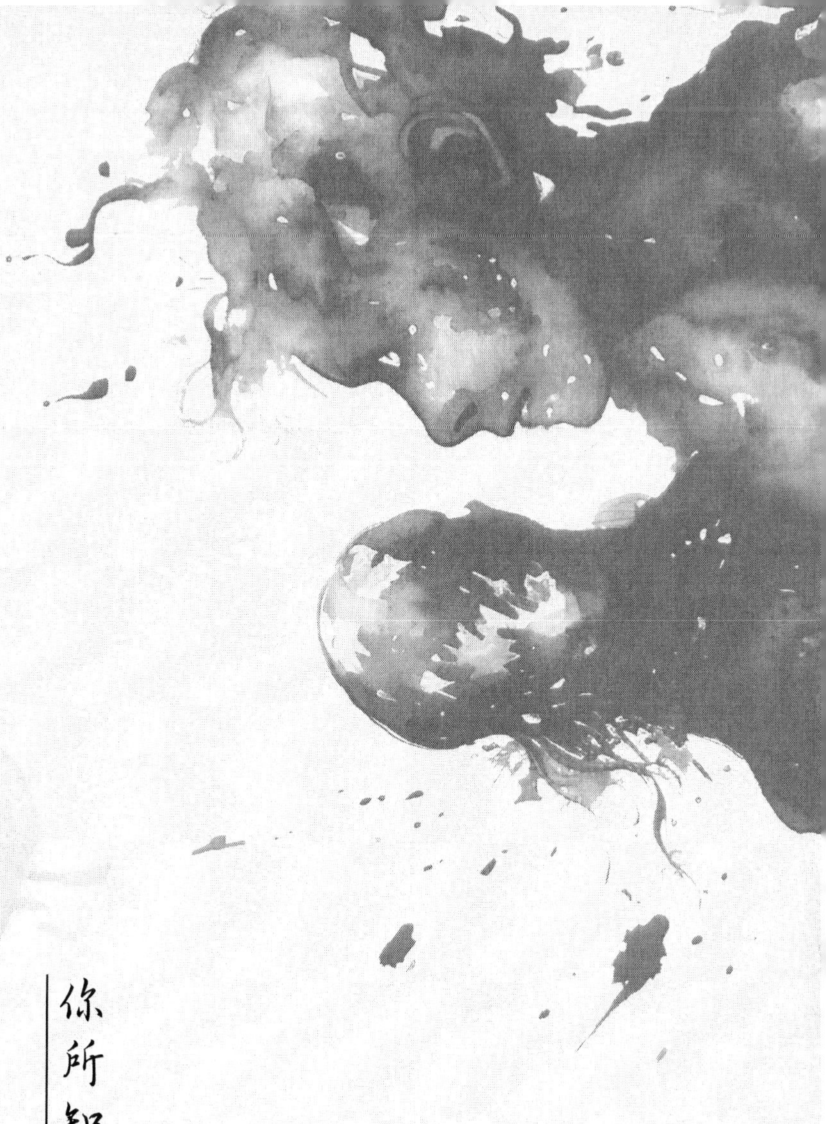

你所知的男子

「呀！他死了！」何小姐唸完信，眼淚直流，她不曉得要怎辦才好。

她的朋友拿起信來看，也不覺傷心起來，但還勉強勸慰她說：「他不致於死的，這信裡也沒說他要自殺，不過發了一片牢騷而已。他是恐嚇妳的，不要緊，過幾天，他一定再有信來。」

她還哭著，鐘已經打了七下，便對她的朋友說：「今晚上的跳舞會，我懶得去了。我教表哥介紹妳給吳先生罷。你們三個人去得啦。」

她教人去請表少爺。表少爺卻以為表妹要在客廳裡看他所扮的時裝，便搖擺著進來。

吳博士看見他打扮得很時髦，臉模很像何小姐。心裡想這莫不是何小姐所要介紹的那一位。他不由得進前幾步深深地鞠了一躬，問，「這位是……？」

輔仁見表妹不在，也不好意思。但見他這樣誠懇，不由得到客廳門口的長桌上取了一張名片進來遞給他。

他接過去，一看是「前清監生，民國特科俊士，美國烏約克柯藍卑阿大學特贈博士，前北京政府特派調查歐美實業專使隨員，甄輔仁。」

「久仰，久仰。」

「對不住，我是要去赴化裝跳舞會的，所以扮出這個怪樣來，取笑，取笑。」

「豈敢，豈敢。美得很。」

你所知的男子

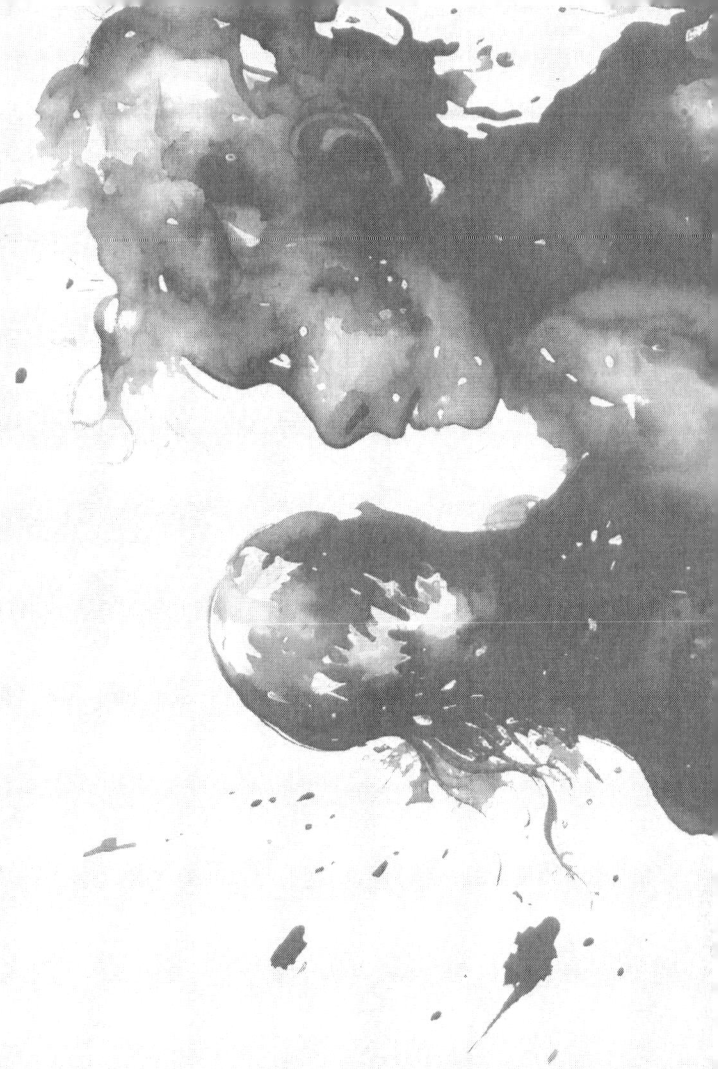

街頭巷尾之倫理

街頭巷尾之倫理

在這城市裡，雞聲早已斷絕，破曉的聲音，有時是駱駝的鈴鐺，有時是大車的輪子。那一早晨，胡同裡還沒有多少行人，道上的灰土蒙著一層青霜，騾車過處，便印上蹄痕和輪跡。那車上滿載著塊煤，若不是加上車夫的鞭子，合著小驢和大騾的力量，也不容易拉得動。有人說，做牲口也別做北方的牲口，一年有大半年吃的是乾草，沒有歇的時候，有一千斤的力量，主人最少總要牠拉夠一千五百斤，稍一停頓，便連鞭帶罵。這城的人對於牲口好像還沒有想到有什麼道德的關係，沒有待遇牲口的法律，也沒有保護牲口的會社。騾子正在一步一步使勁拉那重載的煤車，不提防踩了一蹄柿子皮，把牠滑倒，車夫不問情由揮起長鞭，沒頭沒臉地亂鞭，嘴裡不斷地罵牠的娘，牠的姐妹。在這一點上，車夫和他的牲口好像又有了人倫的關係。騾子喘了一會氣，也沒告饒，掙扎起來，前頭那匹小驢幫著牠，把那車慢慢地拉出胡同口去。

在南口那邊站著一個巡警。他看是個「街知事」，然而除掉捐項，指揮汽車，和跟洋車夫搗麻煩以外，一概的事情都不知。市政府辦了乞丐收容所，可是那位巡警看見叫化子也沒請他到所裡去住。那一頭來了一個瞎子，一手扶著小木桿，一手提著破柳罐。他一步一步踱到巡警跟前，後面一輛汽車遠遠地響著喇叭，嚇得他急要躲避，不湊巧撞在巡警身上。

巡警罵他說：「你這東西又髒又瞎，汽車快來了，還不快往胡同裡躲！」幸而他沒把手裡那根「尚方警棍」加在瞎子頭上，只揮著棍子叫汽車開過去。

瞎子進了胡同口，沿著牆邊慢慢地走。那邊來了一群狗，大概是追母狗的。牠們一面吠，一面咬，衝到瞎子這邊來。他的拐棍在無意中碰著一隻張牙咧嘴的公狗，被牠在腿上咬了一口。他摩摩大腿，低聲罵了一句，又往前走。

「你這小子，可教我找著了。」從胡同的那邊迎面來了一個人，遠遠地向著瞎子這樣說。

那人的身材雖不很魁梧，可也比得胡同口「街知事」。據說他也是個老太爺身分，在家裡刨掉灶王爺，就數他大，因為他有很多下輩供養他。他住在鬼門關附近，有幾個侄子，還有兒媳婦和孫子。有一個兒子專在人馬雜沓的地方做扒手。有一個兒子專在娛樂場或戲院外頭假裝尋親不遇，求幫於人。一個兒媳婦帶著孫子在街上撿煤渣，有時也會利用孩子偷街上小攤的東西。這瞎子，他的侄兒，卻用「可憐我瞎子……」這套話來生利。他們照例都得把所得的財物奉給這位家長受用，若有怠慢，他便要和別人一樣，拿出一條倫常的大道理來譴責他們。

瞎子已經兩天沒回家了。他驀然聽見叔叔罵他的聲音，早已嚇得魂不附體。叔叔走過來，拉著他的胳臂，說：「你這小子，往哪裡跑？」瞎子還沒回答，他順手便給他一拳。

瞎子「喲」了一聲，哀求他叔叔說：「叔叔別打，我昨天一天還沒吃的，要不著，不敢回家。」

叔叔也用了罵別人的媽媽和妹妹的話來罵他的侄子。他一面罵，一面打，把瞎子推倒，拳腳交加。瞎子正坐在方才教騾子滑倒的那幾個爛柿子皮的地方。破柳罐也摔了，掉出幾個銅元，和一塊乾麵包頭。

叔叔說：「你還撒謊？這不是銅子？這不是饅頭？你有剩下的，還說昨天一天沒吃，真是該揍的東西。」他罵著，又連踢帶打了一會。

瞎子想是個忠厚人，也不會抵抗，只會求饒。

路東五號的門升了。一個中年的女人拿著藥罐子到街心，把藥渣子倒了。她想著叫往來的人把吃那藥的人的病帶走，好像只要她的病人好了，叫別人病了千萬個也不要緊。她提著藥罐，站在街門口看那人打他的瞎眼侄兒。

路西八號的門也開了。一個十三四歲的黃臉丫頭，提著髒水桶，望街上便潑。她潑完，也站在大門口瞧熱鬧。

路東九號出來幾個人，路西七號也出來幾個人，不一會，滿胡同兩邊都站著瞧熱鬧的人們。大概同情心不是先天的本能，若不能，他們當中怎麼沒有一個人走來把那人勸開？難道看那瞎子在地上呻吟，無力抵抗，和那叔叔兇狠惡煞的樣子，夠不上動他們的惻隱之心麼？

瞎子嚷著救命，至終沒人上前去救他。叔叔見有許多人在兩旁看他教訓著壞子弟，便乘機演說幾句。這是一個演說時代，所以「諸色人等」都能演說。叔叔把他的侄兒怎樣不孝順，得到錢自己花，有好東西自己吃的罪狀都布露出來。他好像理會眾人以他所做的為合理，便又將侄兒惡打一頓。

瞎子的枯眼是沒有淚流出來的，只能從他的號聲理會他的痛楚。他一面告饒，一面伸手去摸他的拐棍。叔叔快把拐棍從地上撿起來，就用來打他。棍落在他的背上發出一種霍霍的聲音，顯得他全身都是骨頭。叔叔說：「好，你想逃？你逃到哪裡去？」

說完，又使勁地打。

街坊也發議論了。有些說該打，有些說該死，有些說可憐，有些說可惡。可是誰也不願意管閒事，更不願意管別人的家事，所以只靜靜地站在一邊，像「觀禮」一樣。

叔叔打夠了，把地下兩個大銅子撿起來，問他：「你這些子兒都是從哪裡來的？還不說！」

瞎子那些銅子是剛在大街上要來的，但也不敢申辯，由著他叔叔拿走。

胡同口的大街上，忽然過了一大隊軍警。聽說早晨司令部要槍斃匪犯。胡同裡方才站著瞧熱鬧的人們，因此也衝到熱鬧的胡同去。他們看見大車上綁著的人。那人高聲演說，說他是真好漢，不怕打，不怕殺，更不怕那班臨陣扔槍的丘八。圍觀的人，也像開國民大會一樣，有喝彩的，也有拍手的。那人越發高興，唱幾句〈失街亭〉，說東道西，一仕騾子慢慢地拉著他走。車過去了，還有很多人跟著，為的是要聽些新鮮的事情。文明程度越低的社會，對於遊街示眾、法場處死、家小拌嘴、怨敵打架等事情，都很感得興趣，總要在旁助威，像文明程度高的人們在戲院、講堂、體育場裡助威和喝彩一樣。說「文明程度低」一定有人反對，不如說「古風淳厚」較為堂皇些。

胡同裡的人，都到大街上看熱鬧去了。這裡，瞎子從地下爬起來，全身都是傷痕。巡警走來說他一聲「活該」！

他沒說什麼。

那邊來了一個女人，戴著深藍眼鏡，穿著淡紅旗袍，頭髮燙得像石獅子一樣。從跟隨在她後面那位抱著孩子的灰色衣帽人看來，知道她是個軍人的眷屬。抱小孩的大兵，在地下撿了一個大子。那原是方才從破柳罐裡摔出來的。他看見瞎子坐在道邊呻吟，就把撿得的銅子扔給他。

「您積德修好喲！我給您磕頭啦！」是瞎子謝他的話。

他在這一個大子的恩惠以外，還把道上的一大塊麵包頭踢到瞎子跟前，說：「這地上有你吃的東西。」他頭也不回，洋洋地隨著他的女司令走了。

瞎子在那裡摸著塊乾麵包，正拿在手裡，方才咬他的那只餓狗來到，又把它搶走了。

「街知事」站在他的崗位，望著他說：「瞧，活該！」

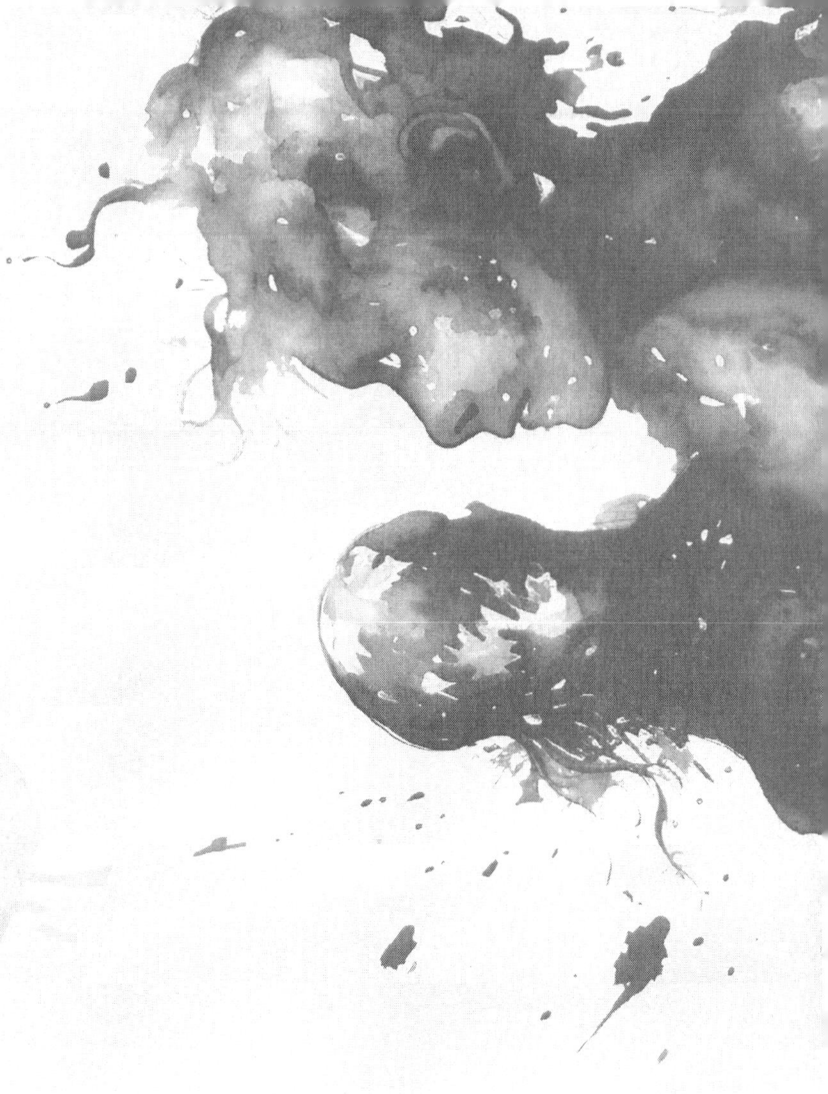

春桃

春桃

這年的夏天分外地熱。街上的燈雖然亮了，胡同口那賣酸梅湯的還像唱梨花鼓的姑娘耍著她的銅碗。一個背著一大簍字紙的婦人從她面前走過，在破草帽底下雖看不清她的臉，當她與賣酸梅湯的打招呼時，卻可以理會她有滿口雪白的牙齒。她背上擔負得很重，甚至不能把腰挺直，只如駱駝一樣，莊嚴地一步一步踱到自己門口。

進門是個小院，婦人住的是塌剩下的兩間廂房。院子一大部分是瓦礫。在她的門前種著一棚黃瓜，幾行玉米。窗下還有十幾棵晚香玉。幾根朽壞的梁木橫在瓜棚底下，大概是她家最高貴的坐處。她一到門前，屋裡出來一個男子，忙幫著她卸下背上的重負。

「媳婦，今兒回來晚了。」

婦人望著他，像很詫異他的話。「什麼意思？你想媳婦想瘋啦？別叫我媳婦，我說。」她一面走進屋裡，把破草帽脫下，順手掛在門後，從水缸邊取了一個小竹筒向缸裡一連舀了好幾次，喝得換不過氣來，張了一會嘴，到瓜棚底下把簍子拖到一邊，便自坐在朽梁上。

那男子名叫劉向高。婦人的年紀也和他差不多，在三十左右，娘家也姓劉。除掉向高以外，沒人知道她的名字叫做春桃。街坊叫她做撿爛紙的劉大姑，因為她的職業是整天在街頭巷尾垃圾堆裡討生活，有時沿途嚷著「爛字紙換取燈兒」。一天到晚在烈日冷風裡吃塵土，可是生來愛乾淨，無論冬夏，每天回家，她總得淨身洗臉。替她預備水的照例是向高。

向高是個鄉間高小畢業生，四年前，鄉里鬧兵災，全家逃散了，在道上遇見同是逃難的春桃，一同走了幾百里，彼此又分開了。

她隨著人到北京來，因為總布胡同裡一個西洋婦人要雇一個沒混過事的鄉下姑娘當「阿媽」，她便被薦去上工。主婦見她長得清秀，很喜愛她。她見主人老是吃牛肉，在饅頭上塗牛油，喝茶還要加牛奶，來去鼓著一陣羶味，聞不慣。有一天，主人叫她帶孩子到三貝子花園去，她理會主人家的氣味有點像從虎狼欄裡發出來的，心裡越發難過，不到兩個月，便辭了工。到平常人家去，鄉下人不慣當差，又挨不得罵，上工不久，又不幹了。在窮途上，她自己選了這撿爛紙換取燈兒的職業，一天的生活，勉強可以維持下去。

向高與春桃分別後的歷史倒很簡單，他到涿州去，找不著親人，有一兩個世交，聽他說是逃難來的，都不很願意留他住下，不得已又流到北京來。由別人的介紹，他認識胡同口那賣酸梅湯的老吳，老吳借他現在住的破院子住，說明有人來賃，他得另找地方。他沒事做，只幫著老吳算算帳，賣賣貨。他白住房子白做活，只賺兩頓吃。春桃的撿紙生活漸次發達了，原住的地方，人家不許她堆貨，她便沿著德勝門牆根來找住處。一敲門，正是認識的劉向高。她不用經過許多手續，便向老吳賃下這房子，也留向高住下，幫她的忙。這都是三年前的事了。他認得幾個字，在春桃撿來和換來的字紙裡，也會抽出些少比較能賣錢的東西，如畫片或某將軍、某總長寫的對聯、信札之類。二人合作，事業更有進步。向高有時也教她認幾個字，但沒有什麼功效，因為他自己認得的也不算多，解字就更難了。

他們同居這些年，生活狀態，若不配說像鴛鴦，便說像一對小家雀罷。

言歸正傳。春桃進屋裡，向高已提著一桶水在她後面跟著走。他用快活的聲調說：「媳婦，快洗罷，我等餓了。今晚咱們吃點好的，烙蔥花餅，贊成不贊成？若贊成，我就買蔥醬去。」

「媳婦，媳婦，別這樣叫，成不成？」春桃不耐煩地說。

「妳答應我一聲，明兒到天橋給你買一頂好帽子去。妳不說帽子該換了麼？」向高再要求。

「我不愛聽。」

他知道婦人有點不高興了，便轉口問：「到的吃什麼？說呀！」

「你愛吃什麼，做什麼給你吃。買去罷。」

向高買了幾根蔥和一碗麻醬回來，放在明間的桌上。春桃擦過澡出來，手裡拿著一張紅帖子。

「這又是那一位王爺的龍鳳帖！這次可別再給小市那老李了。託人拿到北京飯店去，可以多賣些錢。」

「那是咱們的。要不然，妳就成了我的媳婦啦？教了妳一兩年的字，連自己的姓名都認不得！」

「誰認得這麼些字？別媳婦媳婦的，我不愛聽。這是誰寫的？」

「我填的。早晨巡警來查戶口，說這兩天加緊戒嚴，那家有多少人，都得照實報。老吳教我們把咱們寫成兩口子，省得麻煩。巡警也說寫同居人，一男一女，不妥當。我便把上次沒賣掉的那分空帖子填上了。我填的是辛未年咱們辦喜事。」

「什麼？辛未年？辛未年我那兒認得你？你別搗亂啦。咱們沒拜過天地，沒喝過交杯酒，不算兩口子。」

春桃有點不願意，可還和平地說出來。她換了一條藍布褲。上身是白的，臉上雖沒脂粉，卻呈露著天然的秀麗。若她肯嫁的話，按媒人的行情，說是二十三四的小寡婦，最少還可以值得一百八十的。

她笑著把那禮帖搓成一長條，說：「別搗亂！什麼龍鳳帖？烙餅吃了罷。」她掀起爐蓋把紙條放進火裡，隨即到桌邊和麵。

向高說：「燒就燒罷，反正巡警已經記上咱們是兩口子；若是官府查起來，我不會說龍鳳帖在逃難時候丟掉的麼？從今兒起，我可要叫妳做媳婦了。老吳承認，巡警也承認，妳不願意，我也要叫。媳婦嗳！媳婦嗳！明天給妳買帽子去，戒指我打不起。」

「你再這樣叫，我可要惱了。」

「看來，妳還想著那李茂。」向高的神氣沒像方才那麼高興。他自己說著，也不一定要春桃聽見，但她已聽見了。

「我想他？一夜夫妻，分散了四五年沒信，可不是白想？」

春桃這樣說。她曾對向高說過她出閣那天的情形。花轎進了門，客人還沒坐席，前頭兩個村子來人說，大隊兵已經到了，四處拉人挖戰壕，嚇得大家都逃了，新夫婦也趕緊收拾東西，隨著大眾望西逃。同走了一天一宿。第二宿，前面連嚷幾聲「鬍子來了，快躲罷」，那時大家只顧躲，誰也顧不了誰。到天亮時，不見了十幾個人，連她丈夫李茂也在裡頭。她繼續方才的話說：「我想他一定跟著鬍子走了，也許早被人打死了。得啦，別提他啦。」

她把餅烙好了，端到桌上。向高向沙鍋裡舀了一碗黃瓜湯，大家沒言語，吃了一頓。吃完，照例在瓜棚底下坐坐談談。一點點的星光在瓜葉當中閃著。涼風把螢火送到棚上，像星掉下來一般。晚香玉也漸次散出香氣來，壓住四圍的臭味。

「好香的晚香玉！」向高摘了一朵，插在春桃的髻上。

「別糟蹋我的晚香玉。晚上戴花，又不是窯姐兒。」她取下來，聞了一聞，便放在朽梁上頭。

「怎麼今兒回來晚啦？」向高問。

「嚇！今兒做了一批好買賣！我下午正要回家，經過後門，瞧見清道夫推著一大車爛紙，問他從那兒推來的；他說是從神武門甩出來的廢紙。我見裡面紅的、黃的一大堆，便問他賣不賣；他說，妳要，少算一點裝去罷。你瞧！」她指著窗下那大簍，「我花了一塊錢，買那一大簍！賠不賠，可不曉得，明兒撿一撿得啦。」

「宮裡出來的東西沒個錯。我就怕學堂和洋行出來的東西，分量又重，氣味又壞，值錢不值，一點也沒準。」

「近年來，街上包東西都作興用洋報紙。不曉得那裡來的那麼些看洋報紙的人。撿起來真是分量又重，又賣不出多少錢。」

「念洋書的人越多，誰都想看看洋報，將來好混混洋事。」

「他們混洋事，咱們撿洋字紙。」

「往後恐怕什麼都要帶上個洋字，拉車要拉洋車，趕驢更趕洋驢，也許還有洋駱駝要來。」向高把春桃逗得笑起來了。

「先別說別人。若是給你有錢，妳也想念洋書，娶個洋媳婦。」

「老天爺知道，我絕不會發財。發財也不會娶洋婆子。若是我有錢，回鄉下買幾畝田，咱們兩個種去。」

春桃自從逃難以來，把丈夫丟了，聽見鄉下兩字，總沒有好感想。她說：「你還想回去？恐怕田還沒買，連錢帶人都沒有了。沒飯吃，我也不回去。」

「我說回我們錦縣鄉下。」

「這年頭，那一個鄉下都是一樣，不鬧兵，便鬧賊；不鬧賊，便鬧日本，誰敢回去？還是在這裡撿撿爛紙罷。咱們現在只缺一個幫忙的人。若是多個人在家替你歸著東西，你白天便可以出去擺地攤，省得貨過別人手裡，賣漏了。」

「我還得學三年徒弟才成，賣漏了，不怨別人，只怨自己不夠眼光。這幾個月來我可學了不少。郵票，那種值錢，那種不值，也差不多會瞧了。大人物的信札手筆，賣得出錢，賣不出錢，也有一點把握了。前幾天在那堆字紙裡撿出一張康有為的字，妳說今天我賣了多少？」他很高興地伸出拇指和食指比仿著，「八毛錢！」

「說是呢！若是每天在爛紙堆裡能撿出八毛錢就算頂不錯，還用回鄉下種田去？那不是自找罪受麼？」春桃愉悅的聲音就像春深的鶯啼一樣。她接著說：「今天這堆準保有好的給你撿。聽說明天還有好些，那人教我一早到後門等他。這兩天宮裡的東西都趕著裝箱，往南方運，庫裡許多爛紙都不要。我瞧見東華門外也有許多，一口袋一口袋陸續地扔出來。明兒你也打聽去。」

說了許多話，不覺二更打過。她伸伸懶腰站起來說：「今天累了，歇吧！」向高跟著她進屋裡。窗戶下橫著土炕，夠兩三人睡的。在微細的燈光底下，隱約看見牆上一邊貼著八仙打麻雀的諧畫，一邊是煙公司「還是他好」的廣告畫。春桃的模樣，若脫去破帽子，不用說到瑞蚨祥或別的上海成衣店，只到天橋蒐羅一身落伍的旗袍穿上，坐在任何草地，也與「還是他好」裡那摩登女差不上下。因此，向高常對春桃說貼的是她的小照。

她上了炕，把衣服脫光了，順手揪一張被單蓋著，躺在一邊。向高照例是給她按按背，捶捶腿。她每天的疲勞就是這樣含著一點微笑，在小油燈的閃爍中，漸次得著蘇息。在半睡的狀態中，她喃喃地說：「向哥，你也睡罷，別開夜工了，明天還要早起咧。」

婦人漸次發出一點微細的鼾聲，向高便把燈滅了。

一破曉，男女二人又像打食的老鴰，急飛出巢，各自辦各的事情去。

剛放過午炮，十剎海的鑼鼓已鬧得喧天。春桃從後門出來，背著紙簍，向西不壓橋這邊來。在那臨時市場的路口，忽然聽見路邊有人叫她：「春桃，春桃！」

她的小名，就是向高一年之中也罕得這樣叫喚她一聲。自離開鄉下以後，四五年來沒人這樣叫過她。

「春桃，春桃，妳不認得我啦？」

她不由得回頭一瞧，只見路邊坐著一個叫化子。那乞憐的聲音從他滿長了鬍子的嘴發出來。他站不起來，因為他兩條腿已經折了。身上穿的一件灰色的破軍衣，白鐵鈕釦都生了鏽，肩膀從肩章的破縫露出，不倫不類的軍帽斜戴在頭上，帽章早已不見了。

春桃望著他一聲也不響。

「春桃，我是李茂呀！」

她進前兩步，那人的眼淚已帶著灰土透入蓬亂的鬍子裡。

她心跳得慌，半晌說不出話來，至終說：「茂哥，你在這裡當叫化子啦？你兩條腿怎麼丟啦？」

「噯，說來話長。妳從多喒起在這裡呢？妳賣的是什麼？」

「賣什麼！我撿爛紙咧。……咱們回家再說罷。」

她雇了一輛洋車，把李茂扶上去，把簍子也放在車上，自己在後面推著。一直來到德勝門牆根，車夫幫著她把李茂扶下來。進了胡同口，老吳敲著小銅碗，一面問：

「劉大姑，今兒早回家，買賣好呀？」

「來了鄉親啦。」她應酬了一句。

李茂像隻小狗熊，兩隻手按在地上，幫助兩條斷腿爬著。

她從口袋裡拿出鑰匙，開了門，引著男子進去。她把向高的衣服取一身出來，像向高每天所做的，到井邊打了兩桶水倒在小澡盆裡教男人洗澡。洗過以後，又倒一盆水給他洗臉。然後扶他上炕坐，自己在明間也洗一回。

「春桃，妳這屋裡收拾得很乾淨，一個人住嗎？」

「還有一個夥計。」春桃不遲疑地回答他。

「做起買賣來啦？」

「不告訴你就是撿爛紙麼？」

「撿爛紙？一天撿得出多少錢？」
「先別盤問我，你先說你的罷。」
春桃把水潑掉，理著頭髮進屋裡來，坐在李茂對面。
李茂開始說他的故事：
「春桃，唉，說不盡喲！我就說個大概罷。
自從那晚上教鬍子綁去以後，因為不見了妳，我恨他們，奪了他們一桿槍，打死他們兩個人，拚命地逃。逃到瀋陽，正巧邊防軍招兵，我便應了招。在營裡三年，老打聽家裡的消息，人來都說咱們村裡都變成磚瓦地了。咱們的地契也不曉得現在落在誰手裡。咱們逃出來時，偏忘了帶著地契。因此這幾年也沒告假回鄉下瞧瞧。在營裡告假，怕連幾塊錢的餉也告丟了。
我安分當兵，指望月月關餉，至於運到升官，本不敢盼。
也是我命裡合該有事：去年年頭，那團長忽然下一道命令，說，若團裡的兵能瞄槍連中九次靶，每月要關雙餉，還升差事。一團人沒有一個中過四槍；中，還是不進紅心。我可連發連中，不但中了九次紅心，連剩下那一顆子彈，我也放了。我要顯本領，背著臉，彎著腰，腦袋向地，槍從褲襠放過去，不偏不歪，正中紅心。當時我心裡多麼快活呢。那團長教把我帶上去。我心裡想著總要聽幾句褒獎的話。不料那畜生翻了臉，楞說我是鬍子，要槍斃我！他說若不是鬍子，槍法絕不會那麼準。我的排長、隊長都替我求情，擔保我不是壞人，好容易不槍斃我了，可是把我的正兵革掉，連副兵也不許我當。他說，當軍官的難免不得罪弟兄們，若是上前線督戰，隊裡有個像我瞄得那麼準，從後面來一槍，雖然也算陣亡，可值不得死在仇人手裡。大家沒話說，只勸我離開軍隊，找別的營生去。

我被革了不久，日本人便占了瀋陽；聽說那狗團長領著他的軍隊先投降去了。我聽見這事，憤不過，想法子要去找那奴才。我加入義勇軍，在海城附近打了幾個月，一面打，一面退到關裡。前個月在平谷東北邊打，我去放哨，遇見敵人，傷了我兩條腿。那時還能走，躲在一塊大石底下，開槍打死他幾個。我實在支持不住了，把槍扔掉，向田邊的小道爬，等了一天、兩天，還不見有紅十字會或紅C字會的人來。傷口越腫越厲害，走不動又沒吃的喝的，只躺在一邊等死。後來可巧有一輛大車經過，趕車的把我扶了上去，送我到一個軍醫的帳幕。他們又不瞧，只把我扛上汽車，往後方醫院送。已經傷了三天，大夫解開一瞧，說都爛了，非用鋸不可。在院裡住了一個多月，好是好了，就丟了兩條腿。我想在此地舉目無親，鄉下又回不去；就說回去得了，沒有腿怎能種田？求醫院收容我，給我一點事情做，大夫說醫院管治不管留，也不管找事。此地又沒有殘廢兵留養院，迫著我不得不出來討飯，今天剛是第三天。這兩天我常想著，若是這樣下去，我可受不了，非上吊不可。」

春桃注神聽他說，眼眶不曉得什麼時候都溼了。她還是靜默著。李茂用手抹抹額上的汗，也歇了一會。

「春桃，妳這幾年呢？這小小地方雖不如咱們鄉下那麼寬敞，看來妳倒不十分苦。」

「誰不受苦？苦也得想法子活。在閻羅殿前，難道就瞧不見笑臉？這幾年來，我就是幹這撿爛紙換取燈的生活，還有一個姓劉的跟我合夥。我們兩人，可以說不分彼此，勉強能度過日子。」

「妳和那姓劉的同住在這屋裡？」

「是，我們同住在這炕上睡。」春桃一點也不遲疑，她好像早已有了成見。

「那麼，妳已經嫁給他？」

「不，同住就是。」

「那麼，妳現在還算是我的媳婦？」

「不，誰的媳婦，我都不是。」

李茂的夫權意識被激動了。他可想不出什麼話來說。兩眼注視著地上，當然他不是為看什麼，只為有點不敢望著他的媳婦。至終他沉吟了一句：「這樣，人家會笑話我是個活王八。」

「王八？」婦人聽了他的話，有點翻臉，但她的態度仍是很和平。她接著說：「有錢有勢的人才怕當王八。像你，誰認得？活不留名，死不留姓，王八不王八，有什麼相干？現在，我是我自己，我做的事，絕不會玷著你。」

「咱們到底還是兩口子，常言道，一夜夫妻百日恩——」

「百日恩不百日恩我不知道。」春桃截住他的話，「算百日恩，也過了好十幾個百日恩。四五年間，彼此不知下落；我想你也想不到會在這裡遇見我。我一個人在這裡，得活，得人幫忙。我們同住了這些年，要說恩愛，自然是對你薄得多。今天我領你回來，是因為我爹同你爹的交情，我們還是鄉親。你若認我做媳婦，我不認你，打起官司，也未必是你贏。」

李茂掏掏他的褲帶，好像要拿什麼東西出來，但他的手忽然停住，眼睛望望春桃，至終把手縮回去撐著蓆子。

李茂沒話，春桃哭。日影在這當中也靜靜地移了三四分。

「好罷，春桃，妳做主。妳瞧我已經殘廢了，就使妳願意跟我，我也養不活妳。」

李茂到底說出這英明的話。

「我不能因為你殘廢就不要你，不過我也捨不得丟了他。大家住著，誰也別想誰是養活著誰，好不好？」春桃也說了她心裡的話。

李茂的肚子發出很微細的咕嚕咕嚕聲音。

「噢，說了大半天，我還沒問你要吃什麼！你一定很餓了。」

「隨便罷，有什麼吃什麼。我昨天晚上到現在還沒吃，只喝水。」

「我買去。」春桃正踏出房門，向高從院外很高興地走進來，兩人在瓜棚底下撞了個滿懷。「高興什麼？今天怎樣這早就回來？」

「今天做了一批好買賣！昨天你背回的那一簍，早晨我打開一看，裡頭有一包是明朝高麗王上的表章，一分至少可賣五十塊錢。現在我們手裡有十分！方才散了幾分給行裡，看看主兒出得多少，再發這幾分。裡頭還有兩張蓋上端明殿御寶的紙，行家說是宋家的，一給價就是六十塊，我沒敢賣，怕賣漏了，先帶回來妳開開眼。妳瞧……」他說時，一面把手裡的舊藍布包袱打開，拿出表章和舊紙來。「這是端明殿御寶。」他指著紙上的印紋。

「若沒有這個印，我真看不出有什麼好處，洋宣比它還白咧。怎麼官裡管事的老爺們也和我一樣不懂眼？」春桃雖然看了，卻不曉得那紙的值錢處在那裡。

「懂眼？若是他們懂眼，咱們還能換一塊兒毛麼？」向高把紙接過去，仍舊和表章包在包袱裡。他笑著對春桃說：「我說，媳婦……」

春桃看了他一眼，說：「告訴你別管我叫媳婦。」

向高沒理會她，直說：「可巧妳也早回家。買賣想是不錯。」

「早晨又買了像昨天那樣的一簍。」

「妳不說還有許多麼？」

「都教他們送到曉市賣到鄉下包落花生去了！」

「不要緊，反正咱們今天開了光，頭一次做上三十塊錢的買賣。我說，咱們難得下午都在家，回頭咱們上十剎海逛逛，消消暑去，好不好？」

他進屋裡，把包袱放在桌上。春桃也跟進來。她說：「不成，今天來了人了。」說著掀開簾子，點頭招向高，「你進去。」

向高進去，她也跟著。「這是我原先的男人。」她對向高說過這話，又把他介紹給李茂說，「這是我現在的夥計。」

兩個男子，四隻眼睛對著，若是他們眼球的距離相等，他們的視線就會平行地接連著。彼此都沒話，連窗臺上歇的兩隻蒼蠅也不做聲。這樣又教日影靜靜地移一二分。

「貴姓？」向高明知道，還得照例地問。

彼此談開了。

「我去買一點吃的。」春桃又向著向高說，「我想你也還沒吃罷？燒餅成不成？」

「我吃過了。妳在家，我買去罷。」

婦人把向高拖到炕上坐下，說：「你在家陪客人談話。」給了他一副笑臉，便自出去。

屋裡現在剩下兩個男人，在這樣情況底下，若不能一見如故，便得打個你死我活。好在他們是前者的情形。但我們別想李茂是短了兩條腿，不能打。我們得記住向高是拿過三五年筆桿的，用李茂的分量滿可以把他壓死。若是他有槍，更省事，一動指頭，向高便得過奈何橋。

李茂告訴向高，春桃的父親是個鄉下財主，有一頃田。他自己的父親就在他家做活和趕叫驢。因為他能瞄很準的槍，她父親怕他當兵去，便把女兒許給他，為的是要他保護莊裡的人們。這些話，是春桃沒向他說過的。他又把剛才春桃說的話再述一遍，漸次迫到他們二人切身的問題上頭。

「你們夫婦團圓，我當然得走開。」向高在不願意的情態底下說出這話。

「不，我已經離開她很久，現在並且殘廢了，養不活她，也是白搭。你們同住這些年，何必拆？我可以到殘廢院去。聽說這裡有，有人情便可進去。」

這給向高很大的詫異。他想，李茂雖然是個大兵，卻料不到他有這樣的俠氣。他心裡雖然願意，嘴上還不得不讓。這是禮儀的狡猾，念過書的人們都懂得。

「那可沒有這樣的道理。」向高說，「教我冒一個霸占人家妻子的罪名，我可不願意。為你想，你也不願意你妻子跟別人住。」

「我寫一張休書給她，或寫一張契給你，兩樣都成。」李茂微笑誠意地說。

「休？她沒什麼錯，休不得。我不願意丟她的臉。賣？我哪兒有錢買？我的錢都是她的。」

「我不要錢。」

「那麼，你要什麼？」

「我什麼都不要。」

「那又何必寫賣契呢？」

「因為口講無憑，日後反悔，倒不好了。咱們先小人，後君子。」

說到這裡，春桃買了燒餅回來。她見二人談得很投機，心下十分快樂。

「近來我常想著得多找一個人來幫忙，可巧茂哥來了。他不能走動，正好在家管管事，撿撿紙。你當跑外賣貨。我還是當撿貨的。咱們三人開公司。」春桃另有主意。

李茂讓也不讓，拿著燒餅往嘴送，像從餓鬼世界出來的一樣，他沒工夫說話了。

「兩個男人，一個女人，開公司？本錢是你的？」向高發出不需要的疑問。

「你不願意嗎？」婦人問。

「不，不，不，我沒有什麼意思。」向高心裡有話，可說不出來。

「我能做什麼？整天坐在家裡，幹得了什麼事？」李茂也有點不敢贊成。他理會向高的意思。

「你們都不用著急，我有主意。」

向高聽了，伸出舌頭舐舐嘴唇，還吞了一口唾沫。李茂依然吃著，他的眼睛可在望春桃，等著聽她的主意。

撿爛紙大概是女性中心的一種事業。她心中已經派定李茂在家把舊郵票和紙煙盒裡的畫片撿出來。那事情，只要有手有眼，便可以做。她合一合，若是天天有一百幾十張卷煙畫片可以從爛紙堆裡撿出來，李茂每月的伙食便有了門。郵票好的和罕見的，每天能撿得兩三個，也就不劣。外國煙卷在這城裡，一天總銷售一萬包左右，紙包的百分之一給她撿回來，並不算難。至於向高還是讓他撿名人書札，或比較可以多賣錢的東西。他不用說已經是個行家，不必再受指導。她自己幹那吃力的工作，除去下大雨以外，在狂風烈日底下，是一樣地出去撿貨。尤其是在天氣不好的時候，她更要工作，因為同業們有些就不出去。

她從窗戶望望太陽，知道還沒到兩點，便出到明間，把破草帽仍舊戴上，探頭進房裡對向高說：「我還得去打聽宮裡還有東西出來沒有。你在家招呼他。晚上次來，我們再商量。」

向高留她不住，便由她走了。

好幾天的光陰都在靜默中度過。但二男一女同睡一鋪炕上定然不很順心。多夫制的社會到底不能夠流行得很廣。其中的一個緣故是一般人還不能擺脫原始的夫權和父權思想。

由這個，造成了風俗習慣和道德觀念。老實說，在社會裡，依賴人和掠奪人的，才會遵守所謂風俗習慣；至於依自己的能力而生活的人們，心目中並不很看重這些。像春桃，她既不是夫人，也不是小姐；她不會到外交大樓去赴跳舞會，也沒有機會在隆重的典禮上當主角。她的行為，沒人批評，也沒人過問；縱然有，也沒有切膚之痛。監督她的只有巡警，但巡警是很容易對付的。兩個男人呢，向高誠然念過一點書，含糊地了解些聖人的道理，除掉些少名分的觀念以外，他也和春桃一樣。但他的生活，從同居以後，完全靠著春桃。春桃的話，是從他耳朵進去的維他命，他得聽，因為於他有利。春桃教他不要嫉妒，他連嫉妒的種子也都毀掉。李茂呢，春桃和向高能容他住一天便住一天，他們若肯認他做親戚，他便滿足了。當兵的人照例要丟一兩個妻子。但他的困難也是名分上的。

向高的嫉妒雖然沒有，可是在此以外的種種不安，常往來於這兩個男子當中。暑氣仍沒減少，春桃和向高不是到湯山或北戴河去的人物。他們日間仍然得出去謀生活。李茂在家，對於這行事業可算剛上了道，他已能分別那一種是要送到萬柳堂或天寧寺去做糙紙的，那一樣要留起來的，還得等向高回來鑑定。

春桃回家，照例還是向高侍候她。那時已經很晚了，她在明間裡聞見蚊煙的氣味，便向著坐在瓜棚底下的向高說：

「咱們多會點過蚊煙，不留神，不把房子點著了才怪咧。」

向高還沒回答，李茂便說：「那不是熏蚊子，是熏穢氣，我央劉大哥點的。我打算在外面地下睡。屋裡太熱，三人睡，實在不舒服。」

「我說，桌上這張紅帖子又是誰的？」春桃拿起來看。

「我們今天說好了，妳歸劉大哥。那是我立給他的契。」聲從屋裡的炕上發出來。

「哦，你們商量著怎樣處置我來！可是我不能由你們派。」

她把紅帖子拿進屋裡，問李茂，「這是你的主意，還是他的？」

「是我們倆的主意。要不然，我難過，他也難過。」

「說來說去，還是那話。你們都別想著咱們是丈夫和媳婦，成不成？」

她把紅帖子撕得粉碎，氣有點粗。

「你把我賣多少錢？」

「寫幾十塊錢做個彩頭。白送媳婦給人，沒出息。」

「賣媳婦，就有出息？」她出來對向高說，「你現在有錢，可以買媳婦了。若是給你闊一點……」

「別這樣說，別這樣說。」向高攔住她的話，「春桃，你不明白。這兩天，同行的人們直笑話我。……」

「笑你什麼？」

「笑我……」向高又說不出來。其實他沒有很大的成見，春桃要怎辦，十回有九回是遵從的。他自己也不明白這是什麼力量。在她背後，他想著這樣該做，那樣得照他的意思辦；

可是一見了她，就像見了禧太后似地，樣樣都要聽她的懿旨。

「噢，你到底是念過兩天書，怕人罵，怕人笑話。」

自古以來，真正統治民眾的並不是聖人的教訓，好像只是打人的鞭子和罵人的舌頭。風俗習慣是靠著打罵維持的。但在春桃心裡，像已持著「人打還打，人罵還罵」的態度。她不是個弱者，不打罵人，也不受人打罵。我們聽她教訓向高的話，便可以知道。

「若是人笑話你，你不會揍他？你露什麼怯？咱們的事，誰也管不了。」

向高沒話。

「以後不要再提這事罷。咱們三人就這樣活下去，不好嗎？」

一屋裡都靜了。吃過晚飯，向高和春桃仍是坐在瓜棚底下，只不像往日那麼愛說話。連買賣經也不念了。

李茂叫春桃到屋裡，勸她歸給向高。他說男人的心，她不知道，誰也不願意當王八；占人妻子，也不是好名譽。他從腰間拿出一張已經變成暗褐色的紅紙帖，交給春桃，說：

「這是咱們的龍鳳帖。那晚上逃出來的時候，我從神龕上取下來，揣在懷裡。現在妳可以拿去，就算咱們不是兩口子。」

春桃接過那紅帖子，一言不發，只注視著炕上破席。她不由自主地坐下，挨近那殘廢的人，說：「茂哥，我不能要這個，你收回去罷。我還是你的媳婦。一夜夫妻百日恩，我不做缺德的事。今天看你走不動，不能幹大活，我就不要你，我還能算人嗎？」

她把紅帖也放在炕上。

李茂聽了她的話，心裡很受感動。他低聲對春桃說：「我瞧妳怪喜歡他的，妳還是跟他過日子好。等有點錢，可以打發我回鄉下，或送我到殘廢院去。」

「不瞞你說，」春桃的聲音低下去，「這幾年我和他就同兩口子一樣活著，樣樣順心，事事如意；要他走，也怪捨不得。不如叫他進來商量，瞧他有什麼主意。」她向著窗戶叫，「向哥，向哥！」可是一點回音也沒有。出來一瞧，向哥已不在了。

這是他第一次晚間出門。她楞一會，便向屋裡說：「我找他去。」

她料想向高不會到別的地方去。到胡同口，問問老吳。老吳說望大街那邊去了。她到他常交易的地方去，都沒找著。人很容易丟失，眼睛若見不到，就是渺渺茫茫無尋覓處。快到一點鐘，她才懊喪地回家。

屋裡的油燈已經滅了。

「你睡著啦？向哥回來沒有？」她進屋裡，掏出洋火，把燈點著，向炕上一望，只見李茂把自己掛在窗櫺上，用的是他自己的褲帶。她心裡雖免不了存著女性的恐慌，但是還有膽量緊爬上去，把他解下來。幸而時間不久，用不著驚動別人，輕輕地撫揉著他，他漸次甦醒回來。

殺自己的身來成就別人是俠士的精神。若是李茂的兩條腿還存在，他也不必出這樣的手段。兩三天以來，他總覺得自己沒多少希望，倒不如毀滅自己，教春桃好好地活著。春桃於他雖沒有愛，卻很有義。她用許多話安慰他，一直到天亮。他睡著了，春桃下炕，見地上一些紙灰，還剩下沒燒完的紅紙。她認得是李茂曾給他的那張龍鳳帖，直望著出神。

那天她沒出門。晚上還陪李茂坐在炕上。

「你哭什麼？」春桃見李茂熱淚滾滾地滴下來，便這樣問他。

「我對不起妳。我來幹什麼？」

「沒人怨你來。」

「現在他走了，我又短了兩條腿。……」

「你別這樣想。我想他會回來。」

「我盼望他會回來。」

又是一天過去了，春桃起來，到瓜棚摘了兩條黃瓜做菜，草草地烙了一張大餅，端到屋裡，兩個人同吃。

她仍舊把破帽戴著，背上簍子。

「妳今天不大高興，別出去啦！」李茂隔著窗戶對她說。

「坐在家裡更悶得慌。」

她慢慢地踱出門。做活是她的天性，雖在沉悶的心境中，她也要幹。中國女人好像只理會生活，而不理會愛情，生活的發展是她所注意的，愛情的發展只在盲悶的心境中沸動而已。自然，愛只是感覺，而生活是實質的，整天躺在錦帳裡或坐在幽林中講愛經，也是從皇后船或總統船運來的知識。春桃既不是弄潮兒的姐妹，也不是碧眼胡的學生，她不懂得，只會莫名其妙地納悶。

一條胡同過了又是一條胡同。無量的塵土，無盡的道路，湧著這沉悶的婦人。她有時嚷「爛紙換洋取燈兒」，有時連路邊一堆不用換的舊報紙，她都不撿。有時該給人兩盒取燈，她卻給了五盒。胡亂地過了一天，她便隨著天上那班只會嚷嚷和搶吃的黑衣黨慢慢地踱回家。仰頭看見新貼上的戶口照，寫的戶主是劉向高妻劉氏，使她心裡更悶得厲害。

剛踏進院子，向高從屋裡趕出來。

她瞪著眼，只說：「你回來……」其餘的話用眼淚連續下去。

「我不能離開妳，我的事情都是妳成全的。我知道妳要我幫忙。我不能無情無義。」其實他這兩天在道上漫散地走，不曉得要往那裡去。走路的時候，直像腳上扣著一條很重的鐵鐐，那一面是扣在春桃手上一樣。加以到處都遇見「還是他好」的廣告，心情更受著不斷的攪動，甚至餓了他也不知道。

「我已經同向哥說好了。他是戶主，我是同居。」

向高照舊幫她卸下簍子。一面替她抹掉臉上的眼淚。他說：「若是回到鄉下，他是戶主，我是同居。妳是咱們的媳婦。」

她沒有做聲，直進屋裡，脫下衣帽，行她每日的洗禮。

買賣經又開始在瓜棚底下念開了。他們商量把宮裡那批字紙賣掉以後，向高便可以在市場裡擺一個小攤，或者可以搬到一間大一點點的房子去住。

屋裡，豆大的燈火，教從瓜棚飛進去的一隻油葫蘆撲滅了。李茂早已睡熟，因為銀河已經低了。

「咱們也睡罷。」婦人說。

「妳先躺去，一會我給你捶腿。」

「不用啦，今天我沒走多少路。明兒早起，記得做那批買賣去，咱們有好幾天不開張了。」

「方才我忘了拿給妳。今天回家，見妳還沒回來，我特意到天橋去給妳帶一頂八成新的帽子回來。你瞧瞧！」他在暗裡摸著那帽子，要遞給她。

「現在那裡瞧得見！明天我戴上就是。」

院子都靜了，只剩下晚香玉的香還在空氣中遊蕩。屋裡微微地可以聽見「媳婦」和「我不愛聽，我不是你的媳婦」等對答。

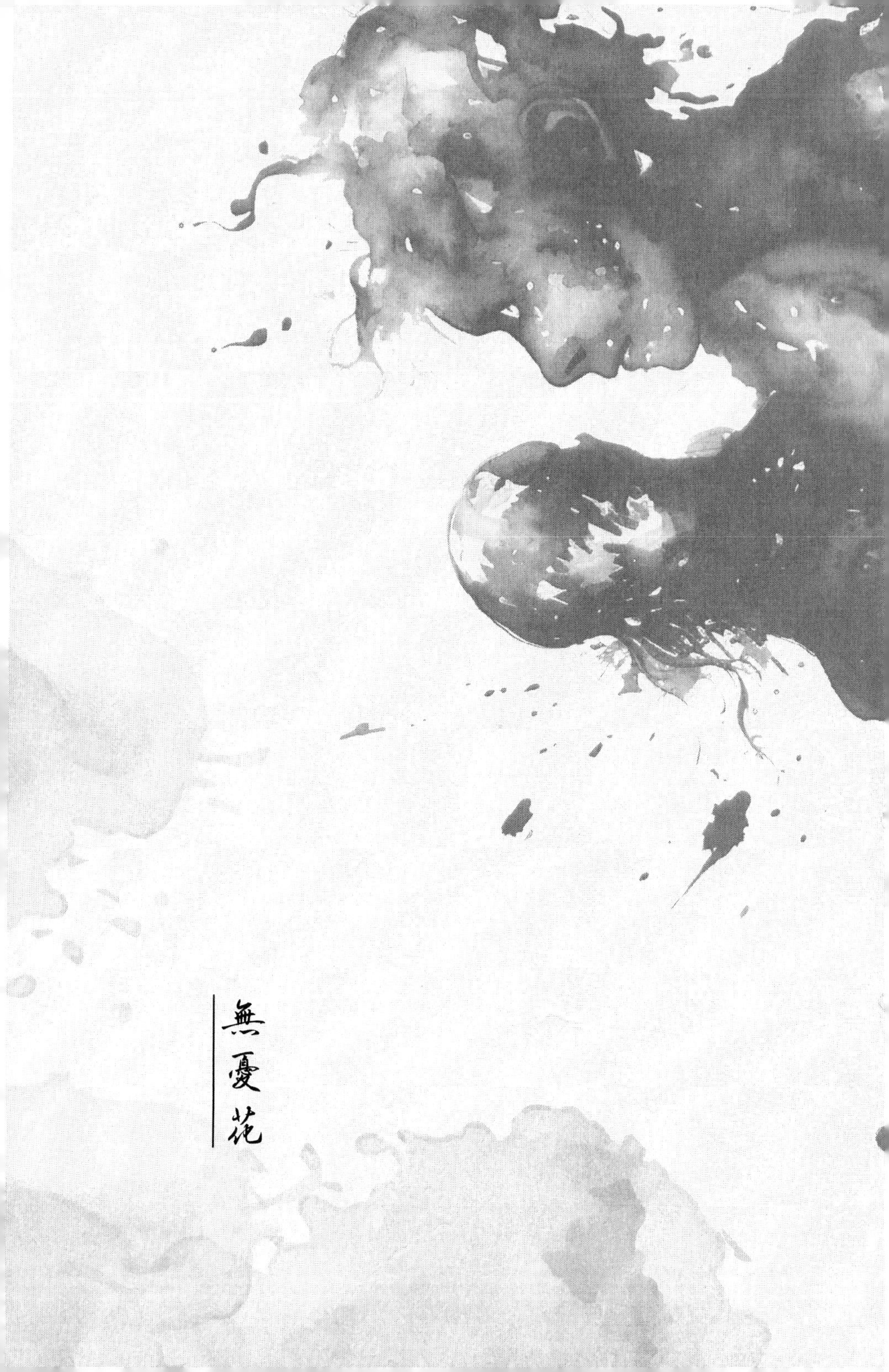

無憂花

加多憐最近從南方回來，因為她父親剛去世，遺下很多財產給她幾位兄妹，她分得幾萬元現款和一所房子。那房子很寬，是她小時跟著父親居住過的，很多可紀念的交際會，都在那裡舉行過，所以她寧願少得五萬元，也要向她哥哥換那房子。她的丈夫樸君，在南方一個縣裡的教育機關當一份小差事，所得薪棒雖不很夠用，幸賴祖宗給他留下一點產業，還可以勉強度過日子。

自從加多憐沾著新法律的利益，得了父親這筆遺產，她便嫌樸君所住的地方閉塞簡陋，沒有公園、戲院，沒有舞場，也沒有夠得上與她交遊的人物。在窮鄉僻壤裡，她在外洋十年間所學的種種自然沒有施展的地方。她所受的教育使她要求都市的物質生活，喜歡外國器用，羨慕西洋人的性情。她的名字原來叫做黃家蘭，但是偏要譯成英國音義，叫加多憐伊羅。由此可知她的崇拜西方的程度。這次決心離開她丈夫，為的要恢復她的都市生活。她把那舊房子修改成中西混合的形式，想等到布置停當才為樸君在本城運動一官半職，希望能夠在這裡長住下去。

她住的正房已經布置好了，現在正計劃著一個游泳池，要將西花園那五間祖祠來改造，兩間暗間改做更衣室，把神龕挪進來，改做放首飾、衣服和其他細軟的櫃子，三間明間改做池子，瓦匠已經把所有的神主都取出來放在一邊。還有許多人在那裡，搬神龕的搬神龕，起磚的起磚，掘土的掘土，已經工作了好些時，她才來看看。她走到房門口，便大聲嚷：「李媽，來把這些神主拿走。」

李媽是個三十歲左右的少婦，長得還不醜，是她父親用過的人。她問加多憐要把那些神主搬到哪裡去。加多憐說：「愛搬哪兒搬哪兒。現在不興拜祖先了，那是迷信。你拿到廚房當劈柴燒了罷。」她說：「這可造孽，從來就沒有人燒過神主，您還是挑一間空屋子把它們擱起來罷。或者送到大少爺那裡也比燒了強。」加多憐說：「大爺也不一定要它們。他若是要，早就該搬走。反正我是不要它們了，你要送到大少爺那裡就送去。若是他也不要，就隨妳怎樣處置，燒了也成，埋了也成，賣了也成。那上頭的金，還可以值幾十塊，妳要是把它們賣了，換幾件好衣服穿穿，不更好嗎？」她答應著，便把十幾座神主放在籃裡端出去了。

加多憐把話吩咐明白，隨即回到自己的正房，房間也是中西混合型。正中一間陳設的東西更是複雜，簡直和博物院一樣。在這邊安排著幾件魏、齊造像，那邊又是義、法的裸體雕刻。壁上掛的，一方面是香光、石庵的字畫，一方面又是什麼表現派後期印象派的油彩。一邊掛著先人留下來的鐵笛玉笙，一邊卻放著皮安奧與梵歐林，這就是她的客廳。客廳的東西廂房，一邊是她的臥房和裝飾室，一邊是客房，所有的設備都是現代化的。她從容廳到裝飾室，便躺在一張軟床上，看看手錶已過五點，就按按電鈴，順手點著一支紙煙，一會，陳媽進來。她說：「今晚有舞局，妳把我那新做的舞衣拿出來，再打電話叫裁縫立刻把那套蟬紗衣服給送來，回頭來伺候洗澡。」陳媽一一答應著，便即出去。

她洗完澡出來，坐在裝臺前，塗脂抹粉，足夠半點鐘工夫。陳媽等她裝飾好了，便把衣服披在她身上。她問：「我這套衣服漂亮不漂亮？」陳媽說：「這花了多少錢做的？」她說，「這雙鞋合中國錢六百塊，這套衣服是一千。」陳媽才顯出很讚羨的樣子說：「那麼貴，敢情漂亮啦！」加多憐笑她不會鑑賞，對她解釋那雙鞋和那套衣服會這麼貴和怎樣好看的緣故，但她都不懂得。她反而說：「這件衣服就夠我們窮人置一兩頃地。」加多憐說：「地有什麼用呢？反正有人管妳吃的穿的用的就得啦。」陳媽說：「這兩三年來，太太小姐們穿得越發講究了，連那位黃老太太也穿得花花綠綠地。」加多憐說：「妳們看得不順眼嗎？這也不希奇。妳曉得現在娘們都可以跟爺們一樣，在外頭做買賣、做事和做官，如果打扮得不好，人家一看就討嫌，什麼事都做不成了。」她又笑著說：「從前的女人，未嫁以前是一朵花，做了媽媽就成了一個大倭瓜。現在可不然，就是八十歲的老太太，也得打扮得像小姑娘一樣才好。」陳媽知道她心裡很高興，不再說什麼，給她披上一件外衣，便出去叫車夫伺候著。

加多憐在軟床上坐著等候陳媽的回報，一面從小桌上取了一本洋文的美容雜誌，有意無意地翻著。一會兒李媽進來說：「真不湊巧，您剛要出門，邸先生又來了。他現時在門口等著，請進來不請呢？」加多憐說：「請他這兒來罷。」李媽答應了一聲，隨即領著邸力里亞進來。邸力里亞是加多憐在紐約留學時所認識的西班牙朋友，現時在領事館當差。自從加多憐回到這城以來，他幾乎每個星期都要來好幾次。他是一個很美麗的少年，兩撇小胡映著那對象電光閃爍的眼睛。說話時那種濃烈的表情，乍一看見，幾乎令人想著他是印度欲天或希拉伊羅斯的化身，他一進門，便直趨到加多憐面前，撫著她的肩膀說：「達靈，妳正要出門嗎？我要同妳出去吃晚飯，成不成？」加多憐說：「對不住，今晚我得去赴林市長的宴舞會，謝謝你的好意。」她拉著邸先生的手，教他也在軟椅上坐。又說：「無論如何，你既然來了，談一會再走罷。」他坐下，看見加多憐身邊那本美容雜誌，便說：「妳喜歡美國裝還是法國裝呢？看妳的身材，若扮起西班牙裝，一定很好看。不信，明天我帶些我們國裡的裝飾月刊來給妳看。」加多憐說：「好極了。我知道我一定會很喜歡西班牙的裝束。」

兩個人坐在一起，談了許久，陳媽推門進來，正要告訴林宅已經催請過，驀然看見他們在椅子上摟著親嘴。在半驚半詫異的意識中，她退出門外。加多憐把邸力里亞推開，叫：「陳媽進來，有什麼事？是不是林宅來催請呢？」陳媽說：「催請過兩次了。」那邸先生隨即站起來，拉著她的手說：「明天再見吧，不再耽誤妳的美好的時間了。」她叫陳媽領他出門，自己到裝臺前再勻勻粉，整理整理頭面。一會陳媽進來說車已預備好，衣箱也放在車裡了。加多憐對她說：「你們以後該學學洋規矩才成，無論到哪個房間，在開門以前，必得敲敲門，教進來才進來。方才邸先生正和我行著洋禮，妳闖進來，本來沒多大關係，為什麼又要縮回去？好在邸先生知道中國風欲，不見怪，不然，可就得罪客人了。」陳媽心裡才明白外國風俗，親嘴是一種禮節，她一連回答了幾聲：「唔，唔」，隨即到下房去。

加多憐來到林宅，五六十位客人已經到齊了。市長和他的夫人走到跟前同她握手。她說：「對不住，來遲了。」市長連說：「不遲不遲，來得正是時候。」他們與她應酬幾句，又去同別的客人周旋。席間也有很多她所認識的朋友，所以和她談笑自如，很不寂寞，席散後，麻雀黨員，撲克黨員，白面黨員等等，各從其類，各自消遣，但大部分的男女賓都到舞廳去。她的舞藝本是冠絕一城的，所以在場上的獨舞與合舞，都博得賓眾的讚賞。

已經舞過很多次了。這回是市長和加多憐配舞，在進行時，市長極力讚美她身材的苗條和技術的純熟。她越發播弄種種嫵媚的姿態，把那市長的心緒攪得紛亂。這次完畢，接著又是她的獨舞。市長目送著她進更衣室，靜悄悄地等著她出來。眾賓又舞過一回，不一會，燈光全都熄了，她的步伐隨著樂音慢慢地踏出場中。她頭上的紗中和身上的紗衣，滿都是螢火所發的光，身體的全部在磷光閃爍中斷續地透露出來。頭面四周更是明亮，直如圓光一樣。這動物質的衣裳比起其餘的舞衣，直像寒冰獄裡的鬼皮與天宮的霓裳的相差。舞罷，市長問她這件舞衣的做法。她說用螢火縫在薄紗裡，在黑暗中不用反射燈能夠自己放出光來。市長讚她聰明，說會場中一定有許多人不知道，也許有人會想著天衣也不過如此。

她更衣以後，同市長到小客廳去休息。在談話間，市長便問她說：「聽說您不想回南了，是不是？」她回答說：「不錯，我有這樣打算，不過我得替外子在這裡找一點事做才成。不然，他必不讓我一個人在這裡住著。如果他不能找著事情，我就想自己去考考文官，希望能考取了，派到這裡來。」市長笑著說：「像您這樣漂亮，還用考什麼文官武官呢！您只告訴我您願意做什麼官，我明兒就下委札。」她說：「不好吧，我不知道我能做什麼官。您若肯提拔，就請派外子一點小差事，那就感激不盡了。」市長說：「您的先生我沒見過，不便造次。依我看來，您自己做做官，豈不更抖嗎？官有什麼叫做會做不會做？您若肯做就能做，回頭我到公事房看看有什麼缺。馬上就把您補上好啦。若是目前沒有缺，我就給您一個祕書的名義。」她搖頭，笑著說：「當祕書，可不敢奉命。女的當人家的祕書，都要給人說閒話的。」市長說：「那倒沒有關係，不過有點屈才而已。當然我得把比較重要的事情來叨嘮。」

舞會到夜闌才散，加多憐得著市長應許給官做，回家以後，還在臥房裡獨自跳躍著。

從前老輩們每笑後生小子所學非所用，到近年來，學也可以不必，簡直就是不學有所用。市長在舞會所許加多憐的事已經實現了。她已做了好幾個月的特稅局幫辦，每月除到局支幾百元薪水以外，其餘的時間都是她自己的，督辦是市長自己兼，實際辦事的是局裡的主任先生們。她也安置了李媽的丈夫李富在局裡，為的是有事可以關照一下。每日裡她只往來於飯店舞場和顯官豪紳的家庭間，無憂無慮地過著太平日子。平常她起床的時間總在中午左右，午飯總要到下午三四點，飯後便出門應酬，到上午三四點才回家。若是與邸力里亞有約會或朋友們來家裡玩，她就不出門，起得也早一點。

在東北事件發生後一個月的一天早晨，李媽在廚房為她的主人預備床頭點心。陳媽把客廳歸著好，也到廚房來找東西吃。她見李媽在那裡忙著，便問：「現在才七點多，太太就醒啦？」李媽說：「快了罷，今天中午有飯局，十二點得出門，不是不許叫『太太』嗎？妳真沒記性！」陳媽說：「是呀，太太做了官，當然不能再叫『太太』了。可是叫她做『老爺』，也不合適，回頭老爺來到，又該怎樣呢？一定得叫『內老爺』、『外老爺』才能夠分別出來」。李媽說：「那也不對，她不是說管她叫『先生』或是幫辦麼？」陳媽在灶頭拿起一塊烤麵包抹抹果醬就坐在一邊吃。她接著說：「不錯，可是昨天你們李富從局裡來，問『先生在家不在』，我一時也拐不過彎來，後來他說太太，我才想起來。妳說現在的新鮮事可樂不可樂？」李媽說：「這不算什麼，還有更可樂的啦。」陳媽說：「可不是！那『行洋禮』的事。他們一天到晚就行著這樣禮。」她嘻笑了一陣，又說：「昨晚那邸先生鬧到三點才走。送出院子，又是一回洋禮，還接著『達靈』、『達靈』叫了一陣。我說李姐，妳想他們是怎麼一回事？」李媽說：「誰知道？聽說外國就是這樣亂，不是兩口子的男女摟在一起也沒有關係。昨兒她還同邸先生一起在池子裡洗澡咧。」陳媽說：「提起那池子來了，三天換一次水，水錢就是二百塊，妳說是不是，洗的是銀子不是水？」李媽說：「反正有錢的人看錢就不當錢，又不用自己賣力氣，衙門和銀行裡每月把錢交到手，愛怎花就怎花，像前幾個月那套紗衣裳，在四郊收買了一千多隻火蟲，花了一百多。聽說那套料子就是六百，工錢又是二百。第二天要我把那些火蟲一隻一隻從小口袋裡摘出來，光那條頭紗就有五百多隻，摘了一天還沒摘完，真把我的胳臂累壞了。三天花二百塊的水，也好過花八九百塊做一件衣服穿一晚上就拆，這不但糟蹋錢並且造孽。妳想，那一千多隻火蟲的命不是命嗎？」陳媽說：「不用提那個啦。今天過午，等她出門，咱們也下池子去試一試，好不好？」李媽說：「妳又來了，上次妳偷穿她的衣服，險些鬧出事來。現在妳又忘了！我可不敢。那個神堂，不曉得還有沒有神，若是有咱們光著身子下去，怕褻瀆了受責罰。」陳媽說：「人家都不會出毛病，咱們還怕什麼？」她站起來，順手帶了些吃的到自己屋裡去了。

李媽把早點端到臥房，加多憐已經靠著床背，手拿一本雜誌在那裡翻著。她問李媽：「有信沒信？」李媽答應了一聲：「有」。隨把盤子放在床上，問過要穿什麼衣服以後便出去了。她從盤子裡拿起信來，一封一封看過。其中有一封是樸君的，說他在年底要來。她看過以後，把信放下，並沒顯出喜悅的神氣，皺著眉頭，拿起麵包來吃。

中午是市長請吃飯，座中只有賓主二人。飯後，市長領她到一間密室去。坐走後，市長便笑著說：「今天請您來，是為商量一件事情。您如同意，我便往下說。」加多憐說：「只要我的能力辦得到，豈敢不與督辦同意？」

市長說：「我知道只要您願意，就沒有辦不到的事。我給您說，現在局裡存著一大宗緝獲的私貨和違禁品，價值在一百萬以上。我覺得把它們都歸了公，怪可惜的，不如想一個化公為私的方法，把它們弄一部分出來。若能到手，我留三十萬，您留二十五萬，局裡的人員分二萬，再提一萬出來做參與這事的人們的應酬費。如果要這事辦得沒有痕跡，最好找一個外國人來認領。您不是認識一位領事館的朋友嗎？若是他肯幫忙，我們應在應酬費裡提出四五千送他。您想這事可以辦嗎？」加多憐很躊躇，搖著頭說：「這宗款太大了，恐怕辦得不妥，風聲泄漏出去，您我都要擔干係。」市長大笑說：「您到底是個新官僚！賺幾十萬算什麼？別人從飛機、軍艦、軍用汽車裝運煙土白面，幾千萬、幾百萬就那麼容易到手，從來也沒曾聽見有人質問過。我們賺一百幾十萬，豈不是小事嗎？您請放心，有福大家享，有罪鄙人當，您待一會去找那位邸先生商量一下得啦。」她也沒主意了，聽市長所說，世間簡直好像是沒有不可做的事情。她站起來，笑著說：「好吧，去試試看。」

加多憐來到邸力里亞這裡，如此如彼地說了一遍。這邸先生對於她的要求從沒拒絕過，但這次他要同她交換條件才肯辦。他要求加多憐同他結婚，因為她在熱愛的時候曾對他說過她與樸君離異了。加多憐說：「時候還沒到，我與他的關係還未完全脫離。此外，我還怕社會的批評。」他說：「時候沒到，時候沒到，到什麼時候才算呢？至於社會那有什麼可怕的？社會很有力量，像一個勇士一樣。可是這勇士是瞎的，只要你不走到他跟前，使他摸著你，他不看見你，也不會傷害你。我們離開中國就是了。我們有了這麼些錢，隨便到阿根廷住也好，到義大利住也好，就是到我的故鄉巴悉羅那住也無不可。我們就這樣辦吧，我知道妳一定要喜歡巴悉羅那的蔚藍天空，那是沒有一個地方能夠比得上的。我們可以買一隻遊艇，天天在地中海遨遊，再沒有比這事快樂了。」

邱力里亞的話把加多憐說得心動了，她想著和樸君離婚倒是不難，不過這幾個月的官做得實在有癮，若是嫁給外國人，國籍便發生問題，以後能不能回來，更是一個疑問。她說：「何必做夫婦呢？我們這樣天天在一塊玩，不比夫婦更強嗎？一做了你的妻子，許多困難的問題都要發生出來。若是要到巴悉羅那去，等事情弄好了，就拿那筆款去花一兩年也無妨。我也想到歐洲去玩玩。……」她正說著，小使進來說幫辦宅裡來電話，請幫辦就回去，說老媽子洗澡，給水淹壞了。加多憐立刻起身告辭。邱先生說：「我跟妳去罷，也許用得著我。」於是二人坐上汽車飛駛到家裡。

加多憐和邱先生一直來到游泳池邊，陳媽和李媽已經被撈起來，一個沒死，一個還躺著，她們本要試試水裡的滋味，走到跳板上，看見水並不很深，陳媽好玩，把李媽推下去，哪裡知道跳板彈性很強，同時又把她彈下去。李媽在水裡翻了一個身，衝到池邊，一手把繩揪著，可是左臂已擦傷了。陳媽浮起來兩三次，一沉到底。李媽大聲嚷救命，園裡的花匠聽見，才趕緊進來，把她們撈起來。邱先生給陳媽施行人工呼吸法，好容易把她救活了，加多憐叫邱先生把她們送到醫院去。

邱力里亞從醫院回來，加多憐繼續與他談那件事情，他至終應許去找一個外商來承認那宗私貨，並且發出一封領事館的證明書，她隨即用電話通知督辦。督辦在電話裡一連對她說了許多誇獎的話，其喜歡可知。

兩三個月的國難期間，加多憐仍是無憂無慮能樂且樂地過她的生活。那筆大款她早已拿到手，那邱先生又催著她一同到巴悉羅那去。她到市長那裡，偶然提起她要出洋的事，並且說明這是當時的一個條件。市長說：「這事容易辦，就請樸君代理您的事情，您要多喒回任都可以。」加多憐說：「很好，外子過幾天就可以到。我原先叫他過年二三月才來，但他說一定要在年底來。現在給他這差事，真是再好不過了。」

樸君到了，加多憐遞給他一張委任狀。她對丈夫說，政府派她到歐洲考查稅務，急要動身，教他先代理幫辦，等她回來再謀別的事情做。樸君是個老實人，太太怎麼說，他就怎麼答應，心裡並且讚賞她的本領。

過幾天，加多憐要動身了。她和邸力里亞同行，樸君當然不曉得他們的關係，把他們送到上海候船，便趕快回來。剛一到家，陳媽的丈夫和李富都在那裡等候著。陳媽的丈夫說他妻子自從出院以後，在家裡病得不得勁，眼看不能再出來做事了，要求幫辦賞一點醫藥費。李富因局裡的人不肯分給他那筆款，教他問幫辦要。這事遲延很久，加多憐也曾應許教那班人分些給他，但她沒辦妥就走了。樸君把原委問明，才知道他妻子自離開他以後的做官生活的大概情形。但她已走了，他即不便用書信去問她，又不願意拿出錢來給他們。說了很久，不得要領，他們都悵悵地走了。

一星期後，特稅局的大侵吞案被告發了，告發人便是李富和幾個分不著款的局員，市長把事情都推在加多憐身上。把樸君請來，說了許多官話，又把上級機關的公文拿出來。樸君看得眼呆呆地，說不出半句話來。市長假裝好意說：「不要緊，我一定要辦到不把閣下看管起來。這事情本不難辦，外商來領那宗貨物，也是有憑有據，最多也不過是辦過失罪，只把尊寓交出來當做賠償，變賣得多少便算多少，敷衍得過便算了事。我與尊夫人的交情很深，這事本可以不必推究，不過事情已經鬧到上頭，要不辦也不成。我知道尊夫人一定也不在乎那所房子，她身邊至少也有三十萬呢。」

第二天，撤職查辦的公文送到，警察也到了。樸君氣得把那張委任狀撕得粉碎。他的神氣直想發狂，要到游泳池投水，幸而那裡已有警察，把他看住了。

房子被沒收的時候，正是加多憐同邸力里亞離開中國的那天。他在敵人的炮火底下，和平日一樣，無憂無慮地來了吳淞口。邸先生望著岸上的大火，對加多憐說：「這正是我們避亂的機會，我看這仗一時是打不完的，過幾年，我們再回來吧！」

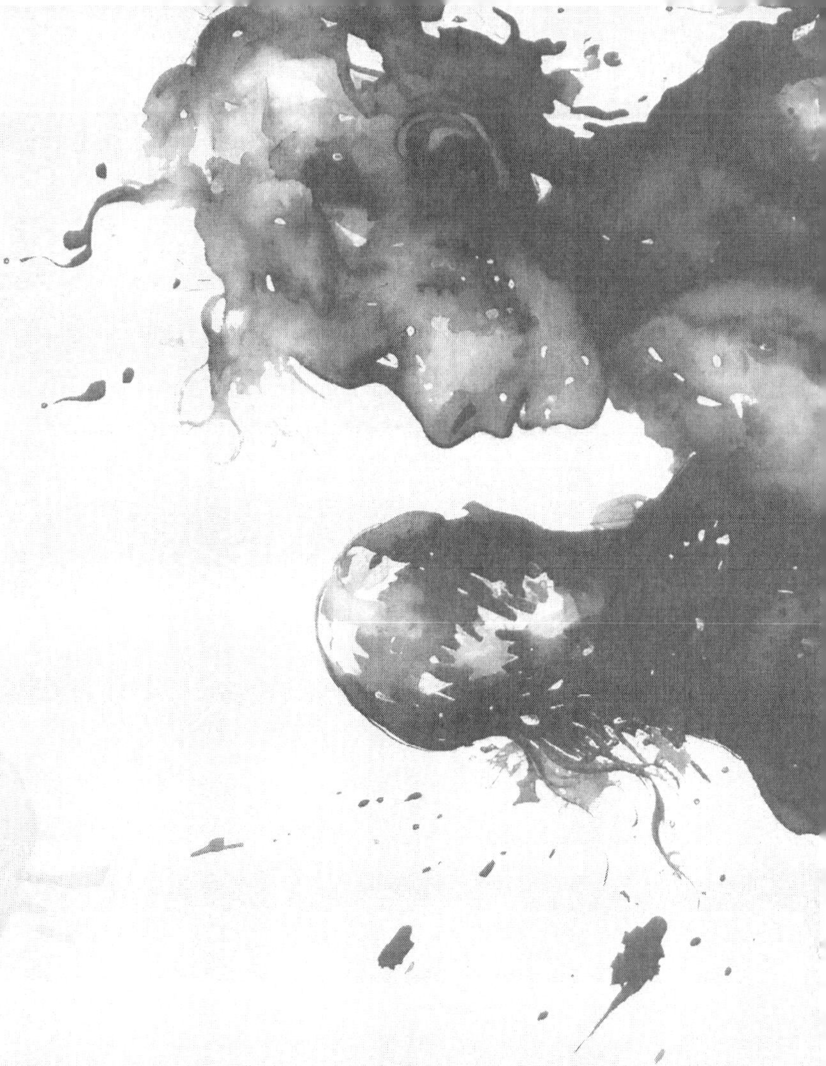

女兒心

女兒心

一

武昌豎起革命的旗幟已經一個多月了。在廣州城裡的駐防旗人個個都心驚膽顫，因為殺滿州人的謠言到處都可以聽得見。這年的夏天，一個正要到任的將軍又在離碼頭不遠的地方被革命黨炸死，所以在這滿伏著革命黨的城市，更顯得人心惶惶。報章上傳來的消息都是民軍勝利，「反正」的省分一天多過一天。本城的官僚多半預備掛冠歸田；有些還能很驕傲地說：「腰間三尺帶是我殉國之具。」商人也在觀望著，把財產都保了險或移到安全的地方——香港或澳門，聽說一兩日間民軍便要進城，住在城裡的旗人更嚇得手足無措，他們真怕漢人屠殺他們。

在那些不幸的旗人中，有一個人，每天為他自己思維，卻想不出一個避免目前的大難的方法。他本是北京一個世襲一等輕車都尉，隸屬正紅旗下，同時也曾中過舉人；這時在鎮粵將軍衙門裡辦文書。他的身材很雄偉，若不是額下的大髯鬍把他的年紀顯出來，誰也看不出他是五十多歲的人，那時已近黃昏，堂上的燈還沒點著，太太旁邊坐著三個從十一歲到十五六歲的子女，彼此都現出很不安的狀態。他也坐在一邊，捋著鬍子，沉靜地看著他的家人。

「老爺，革命黨一來，我們要往那裡逃呢？」太太破了沉寂，很誠懇問她的老爺。

「哼，望那裡逃？」他搖頭說：「不逃，不逃，不能逃。逃出去無異自己去找死，我每年的俸銀二百多兩，合起衙門裡的津貼和其它的入款也不過五六百兩，除掉這所房子以外也就沒有什麼餘款。這樣省省地過日子還可以支持過去，若一逃走，縱然革命黨認不出我們是旗人，僥倖可以免死，但有多少錢能夠支持咱家這幾口人呢？」

「這倒不必老爺掛慮，這二十幾年來我私積下三萬多塊，我想咱們不如到海過去買幾畝地，就作了鄉下人也強過在這裡擔心。」

「太太的話真是所謂婦人女子之見。若是那麼容易到鄉下去落戶，那就不用發愁了。妳想我的身分能夠撇開皇上不顧嗎？做奴才得為主子，做人臣得為君上。他們漢官可以革命，咱們可就不能，革命黨要來，在我們的地位就得同他們開火；若不能打，也不能棄職而逃。」

「那麼，老爺忠心為國一定是不逃了。萬一革命黨人馬上殺到這裡來，我們要怎辦呢？」

「大丈夫可殺不可辱，我們自然不能愛他們的凌辱。等時候到來，再相機行事罷。」他看著他三個孩子，不覺黯然嘆了一聲。

太太也嘆一聲，說：「我也是為這班小的發愁啊。他們都沒成人，萬一咱們兩口子盡了節，他們……」她說不出來了，只不歇地用手帕去擦眼睛。

他問三個孩子說：「你們想怎麼辦呢？」一雙閃爍的眼睛注視著他們。

兩個大孩子都回答說：「跟爹媽一塊兒死罷。」那十一歲的女兒麟趾好像不懂他們商量的都是什麼，一聲也不響，托著腮只顧想她自己的。

「姑娘，怎麼今兒不響啦？妳往常的話兒是最多的。」她父親這樣問她。

她哭起來了，可是一句話也沒有。

太太說：「她小小年紀，懂得什麼，別問她啦。」她叫：「姑娘到我跟前來罷。」麟趾抽噎著走到跟前，依著母親的膝下。母親為她捋捋鬢額，給她擦掉眼淚。

他捋著鬍子，像理會孩子的哭已經告訴了她的意思，不由得得意地說：「我說小姑娘是很聰明的，她有她的主意。」隨即站起來又說：「我先到將軍衙門去，看看下午有什麼消息，一會兒就回來。」他整一整衣服，就出門去了。

風聲越來越緊，到城裡豎起革命旗的那天，果然秩序大亂，逃的逃，躲的躲，搶的搶，該死的死。那位腰間帶著三尺殉國之具的大吏也把行李收束得緊緊地，領著家小回到本鄉去了。街上「殺盡滿州人」的聲音，也摸不清是真的，還是市民高興起來一時發出這得意的話。這裡一家把大門嚴嚴地關起來，不管外頭鬧得多麼凶，只安靜地在堂上排起香案，兩夫婦在正午時分穿起朝服向北叩了頭，表告了滿洲諸帝之靈，才退入內堂，把公服換下來。他想著他不能領兵出去和革命軍對仗，已經辜負朝廷豢養之恩，所以把他的官爵職位自己貶了，要用世奴資格報效這最後一次的忠誠。他斟了一杯醇酒遞給太太說：「太太請喝這一杯罷。」他自己也喝，兩個男孩也喝了，趾兒只喝了一點。在前兩天，太太把傭僕都打發回家，所以屋裡沒有不相干的人。

兩小時就在這醇酒應酬中度過去。他並沒醉，太太和三個孩子已躺在床上睡著了。他出了房門，到書房去，從牆上取下一把寶劍，捧到香案前，叩了頭，再回到屋裡，先把太太殺死，再殺兩個孩子。一連殺了三個人，滿屋裡的血腥、酒味把他刺激得像瘋人一樣。看見他養的一隻狗正在門邊伏著，便順手也給牠一劍，跑到廚房去把一隻貓和幾隻雞也殺了。他揮劍砍貓的時候，無意中把在灶邊灶君龕外那盞點著的神燈揮到劈柴堆上去，但他一點也不理會。正出了廚房門口，馬圈裡的馬嘶了一聲，他於是又趕過去照馬頭一砍。馬不曉得這是牠盡節的時候，連踢帶跳，用盡力量來躲開他的劍。他一手揪住絡頭的繩於，一手儘管望馬頭上亂砍，至終把牠砍倒。

回到上房，他的神情已經昏迷了，扶著劍，瞪眼看著地上的血跡。他發現麟趾不在屋裡，剛才並沒殺她，於是提起劍來，滿屋裡找。他怕她藏起來，但在屋裡無論怎樣找，看看床的，開開櫃門，都找不著。院裡有一口井，井邊正留著一隻麟趾的鞋。這個引他到井邊來。他扶著井欄，探頭望下去；從他兩肩透下去的光線，使他覺得井底有衣服浮現的影兒，其實也看不清楚。他對著井底說：「好，小姑娘，妳到底是個聰明孩子，有主意！」他從地上把那隻鞋撿起來，也扔在井裡。

他自己問：「都完了，還有誰呢？」他忽然想起在衙門裡還有一匹馬，牠也得盡節。於是忙把寶劍提起，開了後園的門，一直望著衙門的馬圈裡去。從後園門出去是一條偏僻的小街，常時並沒有什麼人往來，那小街口有一座常關著大門的佛寺。他走過去時，恰巧老和尚從街上次來，站在寺門外等開門，一見他滿身血跡，右手提劍，左手上還在滴備，便搶前幾步攔住他說：「太爺，您怎麼啦？」他見有人攔住，眼睛也看不清，舉起劍來照著和尚頭便要砍下去。老和尚眼快，早已閃了身子，等他砍了空，再奪他的劍。他已沒氣力了，看著老和尚一言不發。門開了，老和尚先扶他進去，把劍靠韋陀香案邊放著，然後再扶他到自己屋裡，給他解衣服；又忙著把他自己的大衲給他披上，並且為他裹手上的傷，他漸次清醒過來，覺得左手非常地痛，才記起方才砍馬的時候，自己的手碰著了刃口。他把老和尚給他裹的布條解開看時，才發現了兩個指頭已經沒了，這一個感覺更使他特別痛楚。屠人雖然每日屠豬殺羊，但是一見自己的血，心也會軟，不說他趁著一時的義氣演出這出慘劇，自然是受不了。痛是本能上保護生命的警告，去了指頭的痛楚已經使他難堪，何況自殺！但他的意志，還是很剛強，非自殺不可。老和尚與他本來很有交情，這次用很多話來勸慰他，說城裡並沒有屠殺旗人的事情；偶然街上有人這樣嚷，也不過是無意識的話罷了。他聽著和尚的勸解，心情漸漸又活過來。正在相對著沒有話說的時候，外邊嚷著起火，哨聲、鑼聲，一齊送到他們耳邊。老和尚說：「您請躺下歇歇罷，待老納去出看看。」

他開了寺門，只見東頭烏太爺的房子著了火。他不聲張，把烏太爺扶到床上躺下，看他漸次昏睡過去，然後把寺門反扣著，走到烏家門前，只見一簇人丁趕著在那裡拆房子。水龍雖有一架，又不夠用。幸而過了半小時，很多人合力已把那幾間房子拆下來，火才熄了。

和尚回來，見烏太爺還是緊緊地紮著他的手，歪著身子，在那裡睡，沒驚動他。他把剛才放在韋陀龕那把劍收起來，才到禪房打坐去。

二

在辛亥革命的時候，像這樣全家為那權貴政府所擁戴的孺子死節的實在不多。當時麟趾的年紀還小，無論什麼都怕，死自然是最可怕的一件事。父親要把全家殺死的那一天，她並沒喝多少酒，但也得裝睡，她早就想定了一個逃死的方法，總沒機會去試。父親看見一家人都醉倒了，到外邊書房去取劍的時候，她便急忙地爬起來，跑出院子。因為跑得快，恰巧把一隻鞋子躋掉了。她趕快退回幾步，要再穿上，不提防把鞋子一踢，就撞到那井欄旁邊。她顧不得去撿鞋，從院子直跑到後園。後園有一棵她常爬上去玩的大榕樹，但是家裡的人都不曉得她會上樹。上榕樹本來很容易，她家那棵，尤其容易上去。她到樹下，急急把身子聳上去，蹲在那分出四五杈的樹幹上。平時她蹲在上頭，底下的人無論從那一方面都看不見。那時她只顧躲死，並沒計較往後怎樣過。蹲在那裡有一刻鐘左右，忽然聽見父親叫她，他自然不曉得麟趾在樹上。她也不答應，越發蹲伏著，容那濃綠的密葉把她掩藏起來。不久她又聽見父親的腳步像開了後門出去的樣子。她正在想著，忽然從廚房起了火。廚房離那榕樹很遠，所以人們在那裡拆房子救火的時候，她也沒下來。天已經黑了，那晚上正是十五，月很明亮，在樹上蹲了幾點鐘，倒也不理會。可是樹上不曉得歇著什麼鳥，不久就叫一聲，把她全身的毛髮都嚇豎了。身體本來有點冷，加上夜風帶那種可怕的鳥聲送到她耳邊，就不由得直打抖擻。她不能再藏在樹上，決意下來看看。然而怎麼也起不來，從腿以下，簡直麻痺得像長在樹上一樣。好容易慢慢地把腿伸直了，一面抖擻著下了樹，摸到園門，原來她的臥房就靠近園門。那一下午的火，只燒了廚房，她母親的臥房、大廳和書房，至於前頭的轎廳和後面她的臥房連著下房都還照舊。她從園門閃入她的臥房，正要上床睡覺時候，忽然聽見有人說話的聲音，心疑是鬼，趕緊把房門關起來。從窗戶看見兩個人拿著牛眼燈由轎廳那邊到她這裡來，心裡越發害怕。好在屋裡沒燈，趁著外頭的燈光還沒有射進來，她便蹲在門後。那兩人一面說著，出了園門，她才放心。原來他們是那條街的更夫，因為她家沒人，街坊叫他們來守夜。他們到後園，大概是去看看後園通小街那道門關沒關罷。不一會他們進來，又把園門關上。聽他們的腳音，知道旁邊那間下房，他們也進去看過，正想爬到床後去，他們已來推她的門，於是不敢動彈，還是蹲在門後。門推不開，他們從窗戶用燈照了一下。

她在門後聽見其中一個人說：「這間是鎖著的，裡頭倒沒有什麼。」他們並不一定要進她的房間，那時她真像遇了赦一般，不曉得為什麼緣故，當時只不願意他們知道她在裡頭。等他們走遠了，才起來，坐在小椅上，也不敢上床睡，只想著天明時待怎辦。她決定要離開她的家，因為全家的人都死了，若還住在家裡，有誰來養活她呢？雖然彷彿聽見她父親開了後園門出去，但以後他回來沒有，她又不理會，她想他一定是自殺了。前天晚上，當她父親問過她的話，上了衙門以後，她私下問過母親：「若是大家都死了，將來要在什麼地方相見呢？」她母親嘆了一口氣說：「孩子，若都是好人，我們就會在神仙的地方相見，我們都要成仙哪。」常聽見她母親說城外有個什麼山，山名她可忘記了，那裡常有神仙出來渡人。她想著不如去找神仙罷，找到神仙就能與她一家人相見了。她想著要去找神仙的事，使她心膽立時健壯起來，自己一人在黑屋裡也不害怕，但盼著天快亮，她好進行。

雞已啼過好幾次，星星也次第地隱沒了。初醒的雲漸漸現出灰白色，一片一片像魚鱗擺在天上。於是她輕輕地開了房門，出到院子來，她想「就這樣走嗎」，不，最少也得帶一兩件衣服。於是回到屋裡，打開箱子，拿出幾件衣服和梳篦等物，包成一個小包，再出房門。藏錢的地方她本知道，本要去拿些帶在身邊，只因那裡的房頂已經拆掉了，冒著險進去，雖然沒有妨礙，不過那兩人還在轎廳睡著，萬一醒來，又免不了有麻煩，再者，設使遇見神仙，也用不著錢。她本要到火場裡去，又怕看見父母和二位哥哥的屍體，只遠遠地望著，作為拜別的意思。她的眼淚直流，又不敢放聲哭；回過身去，輕輕開了園門，再反扣著。經過馬圈，她看見那馬躺在槽邊，槽裡和地上的血已經凝結，顏色也變了。她站在圈外，不住地掉淚。因為她很喜歡牠，每常騎牠到箭道去玩。那時天已大亮了，正在低著頭看那死馬的時候，眼光忽然觸到一樣東西，使她心傷和膽顫起來。進前兩步從馬槽下撿起她父親的一節小指頭，她認得是父親左手的小指頭。因為他只留這個小指的指甲，有一寸多長，她每喜歡摸著它玩。當時她也不顧什麼，趕緊取出一條手帕，緊緊把她父親的小指頭裹起來，揣在懷裡。她開了後園的街門，也一樣地反扣著。夾著小包袱，出了小街，便急急地向北門大街放步。幸虧一路上沒人注意她，故得優遊地出了城。

舊曆十月半的郊外，雖不像夏天那麼青翠，然而野草園蔬還是一樣地綠。她在小路上，不曉得已經走了多遠，只覺身體疲乏，不得已暫坐在路邊一棵榕樹根上小歇，坐定了才記得她自昨天午後到歇在道旁那時候一點東西也沒入口！眼前固然沒有東西可以買來充飢，縱然有，她也沒錢。她隱約聽見泉水激流的聲音，就順著找去，果然發現了一條小溪，那時一看見水，心裡不曉得有多麼快活，她就到水邊一掬掬地喝。沒東西吃，喝水好像也可以飽，她居然把疲乏減少了好些。於是夾著包袱又望前跑。她慢慢地走，用盡了誠意要會神仙，但看見路上的人，並沒有一個像神仙。心裡非常納悶，因為走的路雖不多，太陽卻漸漸地西斜了。前面露出幾間茅屋，她雖然沒曾向人求乞過，可知道一定可以問人要一點東西吃，或打聽所要去的山在那裡。隨著路徑拐了一個彎，就看見一個老頭子在她前面走。看他穿著一件很寬的長袍，扶著一支黃褐色的拐杖，鬚髮都白了，心裡暗想：「這位莫不就是神仙麼」，於是搶前幾步，恭恭敬敬地問：「老伯父，請告訴我那座有神仙的山在什麼地方？」他好像沒聽見她問的是什麼話，她問了幾遍，他總沒回答，只問：「你是迷了道的罷？」麟趾搖搖頭。他問：「不是迷道，這麼晚，一個小姑娘夾著包袱，在這樣的道上走，莫不是私逃的小丫頭？」她又搖搖頭。她看他打扮得像學塾裡的老師一樣，心裡想著他也許是個先生。於是從地下撿起一塊有棱的石頭，就路邊一棵樹幹上畫了「我欲求仙去」幾個字。他從胸前的綠鯊皮眼鏡匣裡取出一副直徑約有一寸五分的水晶鏡子架在鼻上。看她所寫的，便笑著對她說：「哦，原來是求仙的！妳大概因為寫的是『王子去求仙，丹成上九天』的仿格，想著古人有這回事，所以也要仿效仿效。但現在天已漸漸晚了，不如先到我家歇歇，再往前走罷。」她本想不跟他去，只因問他的話也不能得著滿意的指示，加以肚子實餓了，身體也乏了，若不答應，前路茫茫，也不是個去處，就點頭依了他，跟著他走。

走不遠，渡過一道小橋，來到茅舍的籬邊。初冬的籬笆上還掛些未殘的豆花。晚煙好像一匹無盡長的白鏈，從遠地穿林織樹一直來到籬笆與茅屋的頂巔。老頭子也不叫門，只伸手到籬門裡把門撥開了。一隻帶著金鈴的小黃狗搶出來，吠了一兩聲，又到她跟前來聞她。她退後兩步，老頭子把牠轟開，然後攜著她進門。屋邊一架瓜棚，黃萎的南瓜藤，還凌亂地在上頭繞著。雞已經站在棚上預備安息了。這些都是她沒見過的，心裡想大概這就是仙家罷。剛踏上小臺階，便有一個二十多歲的姑娘出來迎著，她用手作勢，好像問「這位小姑娘是誰呀」，他笑著回答說：「她是求仙迷了路途的。」回過頭來，把她介紹給她，說：「這是我的孫女，名叫宜姑。」

他們三個人進了茅屋，各自坐下。屋裡邊有一張紅漆小書桌，老頭子把他的孫女叫到身邊，教她細細問麟趾的來歷。她不敢把所有的真情說出來，恐怕他們一知道她是旗人或者就於她不利。她只說：「我的父母和哥哥前兩天都相繼過去了。剩下我一個人，沒人收養，所以要求仙去。」她把那令人傷心的事情瞞著，孫女把她的話用他們彼此通曉的方法表示給老頭子知道。老頭子覺得她很可憐，對她說，他活了那樣大年紀也沒有見過神仙，求也不一定求得著，不如暫時住下，再定奪前程，他們知道她一天沒吃飯，宜姑就趕緊下廚房，給她預備吃的。晚飯端出來，雖然是蕃薯粥和些小醬菜，她可吃得津津有味。回想起來，就是不餓，也覺得甘美。飯後，宜姑領她到臥房去。一夜的話把她的意思說轉了一大半。

三

麟趾住在這不知姓名的老頭子的家已經好幾個月了。老人曾把附近那座白雲山的故事告訴過她。她只想著去看安期生升仙的故跡，心裡也帶著一個遇仙的希望。正值村外木棉盛開的時候，十丈高樹，枝枝著花，在黃昏時候看來直像一座萬盞燈臺，燦爛無比。閩、粵的樹花再沒有比木棉更壯麗的，太陽剛升到與綠禾一樣高的天涯，麟趾和宜姑同在樹下撿落花來作玩物，談話之間，忽然動了游白雲山的念頭。從那村到白雲山也不過是幾里路，所以她們沒有告訴老頭子，到廚房裡吃了些東西，還帶了些薯乾，便到山裡玩去。天還很早，榕樹上的白鷺飛去打早食還沒歸巢，黃鸝卻已唱過好幾段宛轉的曲兒，在田間和林間的人們也唱起歌了。到處所聽的不是山歌，便是秧歌。她們兩個有時為追粉蝶，誤入那籬上纏裡野薔薇的人家；有時為捉小魚涉入小溪，濺溼了衣袖。一路上嘻嘻嚷嚷，已經來到山裡。微風吹拂山徑旁的古松，發出那微妙的細響。著在枝上的多半是嫩綠的松毬，襯著山坡上的小草花，和正長著的薇蕨，真是綺麗無匹。

她們坐在石上休息，宜姑忽問：「妳真信有神仙麼？」麟趾手裡撩著一枝野花，漫應說：「我怎麼不信！我母親曾告訴我有神仙，她的話我都信。」

「我可沒見過，我祖父老說沒有，他所說的話，我都信。他既說沒有，那定是沒有了。」

「我母親說有，那定是有，怕妳祖父沒見過罷。我母親說，好人都會成仙，並且可以和親人相見哪，仙人還會下到凡間救度他的親人，你聽過這話麼？」

「我沒聽見過。」

說著她們又起行，游過了鄭仙岩，又到菖蒲澗去，在山泉流處歇了腳。下游的石上，那不知名的山禽在那裡洗午澡，從亂去堆積處，露出來的陽光指示她們快到未時了，麟趾一意要看看神仙是什麼樣子，她還有登摩星嶺的勇氣。她們走過幾個山頭，不覺把路途迷亂了。越走越不是路，她們巴不得立刻下山，尋著原路回到村裡。

出山的路被她們找著了，可不是原來的路徑，夕陽當前，天涯的白雲已漸漸地變成紅霞。正在低頭走著，前面來了十幾個背槍的大人物，宜姑心裡高興，等他們走近跟前，便問其中的人燕塘的大路在那一邊。那班人聽說她們所問的話，知道是兩只迷途的羊羔，便說他們也要到燕塘去。宜姑的村落正離燕塘不遠，所以跟著他們走。

原來她們以為那班強盜是神仙的使者，安心隨著他們走。走了許久，二人被領到一個破窯裡，那裡有一個人看守著她們，那班人又匆忙地走了。麟趾被日間遊山所受的快活迷住，沒想到、也沒經歷過在那山明水秀的仙鄉會遇見這班混世魔王。到被囚起來的時候，才理會她們前途的危險。她同宜姑苦口求那人憐恤她們，放她們走。但那人說若放了她們，他的命也就沒了。宜姑雖然大些，但到那時，也恐嚇得說出不話來。麟趾到底是個聰明而肯犧牲的孩子，她對那人說：「我家祖父年紀大了，必得有人伺候他，若把我們兩人都留在這裡，恐怕他也活不成。求你把大姐放回去罷，我寧願在這裡跟著你們。」那人毫無惻隱之心，任她們怎樣哀求，終不發一言，到他覺得麻煩的時候，還喝她們說：「不要瞎吵！」

丑時已經過去，破窯裡的油燈雖還閃著豆大的火花，但是燈心頭已結著很大的燈花，不時迸出火星和發出嗶剝的響，油盞裡的油快要完了。過些時候，就聽見人馬的聲音越來越近，那人說：「他們回來了。」他在窯門邊把著，不一會，大隊強盜進來，卸了贓物，還虜來三個十幾歲的女學生。

在破窯裡住了幾天，那些賊人要她們各人寫信回家拿錢來贖，各人都一一照辦了，最後問到麟趾和宜姑，麟趾看那人的容貌很像她大哥，但好幾次問他叫他，他都不大理會，只對著她冷笑。雖然如此，她仍是信他是大哥，不過仙人不輕易和凡人認親罷了。她還想著，他們把她帶到那裡也許是為教她們也成仙。宜姑比較懂事，說她們是孤女，只有一個耳聾的老祖父，求他們放她們兩人回去。他們不肯，說：「只有白拿，不能白放。」他們把贓物檢點一下，頭目叫兩個夥計把那幾個女學生的家書送到郵局去，便領著大隊同幾個女子，趁著天還未亮出了破窯，向著山中的小徑前進。不曉得走了多少路程，又來到一個寨。群賊把那五個女子安置在一間小屋裡。過了幾天，那三個女學生都被帶走，也許是她們的家人花了錢，也許是被移到到處去。他們也去打聽過宜姑和麟趾的家境，知道那聾老頭花不起錢來贖，便計議把她們賣掉。

宜姑和麟趾在荒寨裡為他們服務，他們都很喜歡。在不知不覺中又過了幾個星期。一天下午他們都喜形於色回到荒寨，兩個姑娘忙著預備晚飯。端菜出來，眾人都注目看著她們。頭目對大姑娘說：「我們以後不再幹這生活了，明天大家便要到惠州去投入民軍。我們把妳配給廖兄弟。」他說著，指著一個面目長得十分俊秀、年紀在二十六七左右的男子，又往下說：「他叫廖成，是個白淨孩子，想一定中妳的意思。」他又對麟趾說：「小姑娘年紀太小，沒人要，黑牛要妳做女兒，明天妳就跟著他過，他明天以後便是排長了。」他呶著嘴向黑牛指示麟趾，黑牛年紀四十左右，滿臉橫肉，看來像很兇殘。當時兩個女孩都哭了，眾人都安慰她們。頭目說：「廖兄弟的喜事明天就要辦的，各人得早起，下山去搬些吃的，大家熱鬧一回。」

他們圍坐著談天，兩個女孩在廚房收拾食具，小姑娘神氣很鎮定，低聲問宜姑說：「怎辦？」宜姑說：「我沒主意，妳呢？」

「我不願意跟那黑鬼，我一看他，怪害怕的，我們逃罷。」

「不成，逃不了！」宜姑搖頭說。

「妳願意跟那強盜？」

「不，我沒主意。」

她們在廚房沒想出什麼辦法，回到屋裡，一同躺在稻草褥上，還繼續地想。麟趾打定主意要逃，宜姑至終也贊成她，她們知道明天一早趁他們下山的時候再尋機會。

一夜的幽暗又叫朝雲抹掉，果然外頭的兄弟們一個個下山去預備喜筵。麟趾扯著宜姑說：「這是時候，該走了。」她們帶著一點吃的，匆匆出了小寨。走不多遠，宜姑住了步，對麟趾說：「不成，我們這一走，他們回寨見沒有人，一定會到處追尋，萬一被他們再抓回去，可就沒命了。」麟趾沒說什麼，可也不願意回去。宜姑至終說：「還是妳先走罷，我回去張羅他們，他們問妳的時候，我便說妳到山裡撿柴去。你先回到我公公那裡去報信也好。」她們商量妥當，麟趾便從一條那班兄弟們不走的小道下山去。宜姑到看不見她，才掩淚回到寨裡。

小姑娘雖然學會晝伏夜行的方法，但在亂山中，夜行更是不便，加以不認得道路，遇險的機會很多，走過一夜，第二夜便不敢走了。她在早晨行人稀少的時候，遇見婦人女子才敢問道，遇見男子便藏起來。但她常走錯了道，七大的糧已經快完了，那晚上她在小山崗上一座破廟歇腳。霎時間，黑雲密布，大雨急來，隨著電閃雷鳴。破廟邊一棵枯樹教雷劈開，雷音把麟趾的耳鼓幾乎震破，電光閃得更是可怕。她想那破廟一定會塌下來把她壓死，只是蹲在香案底下打抖擻。好容易聽見雨聲漸細，雷也不響，她不敢在那裡逗留，便從案下爬出來。那時雨已止住了，天際仍不時地透漏著閃電的白光，使蜿蜒的山路，隱約可辨。她走出廟門，待要往前，卻怕迷了路途，站著儘管出神。約有一個時辰，東方漸明，鳥聲也次第送到她耳邊，她想著該是走的時候，背著小包袱便離開那座破廟。一路上沒遇見什麼人，朝霧斷續地把去處遮攔著，不曉得從什麼地方來的泉聲到處都聽得見。正走著，前面忽然來了一隊人，她是個驚弓之鳥，一看見便急急向路邊的小叢林鑽進去。那裡堤防到那剛被大雨洗刷過的山林溼滑難行，她沒力量攀住些草木，一任雙腳溜滑下去，直到山麓。她的手足都擦破了，腰也酸了，再也不能走。疲乏和傷痛使她不能不躺在樹林裡一塊鋪著朝陽的平石上昏睡。她腿上的血，殷殷地流到石上，她一點也不理會。

林外，向北便是越過梅嶺的大道，往來的行旅很多。不知經過幾個時辰，麟趾才在沉睡中覺得有人把她抱起來，睜眼一看，才知道被抱到一群男女當中。那班男女是走江湖賣藝的，一隊是屬於賣武耍把戲的黃勝，一隊是屬耍猴的杜強。麟趾是那耍猴的抱起來的，那賣武的黃勝取了些萬應的江湖祕藥來，敷她的傷口。他問她的來歷，知道她是迷途的孤女，便打定主意要留她當一名藝員，耍猴用不著女子，黃勝便私下向杜強要麟趾。社強一時任俠，也就應許了。他只聲明將來若是出嫁得的財禮可以分些給他。

他們騙麟趾說他們是要到廣州去，其實他們的去向無定，什麼時候得到廣州，都不能說。麟趾信以為真，便請求跟著他們去。那男人騰出一個竹籮，教她坐在當中，他的妻子把她挑起來。後面跟著的那個人也挑著一擔行頭，在他肩膀上坐著一隻獼猴。他戴的那頂寬緣鑲雲紋的草笠上開了一個小圓洞，獼猴的頭可以從那裡伸出來。那人後面還跟著一個女子，牽著一隻綿羊和兩隻狗，綿羊馱著兩個包袱，最後便是扛刀槍的，麟趾與那一隊人在斜陽底下向著滿被野雲堆著的山徑前進，一霎時便不見了。

四

自從麟趾被騙以後，三四年間，就跟著那隊人在江湖上往來。她去求神仙的勇氣雖未消滅，而幼年的幻夢卻漸次清醒。幾年來除掉看一點淺近的白話報以外，她一點書也沒有念，所認得的字仍是在家的時候學的，深字甚至忘掉許多。她學會些江湖伎倆，如半截美人、高躍、踏索、過天橋等等，無一不精，因此被全班的人看為臺柱子，班主黃勝待她很好，常怕她不如意，另外給她好飲食。她同他們混慣了，也不覺得自己舉動下流。所不改的是她總沒有捨棄掉終有一天全家能夠聚在一起的念頭。神仙會化成人到處遊行的話是她常聽說的，幾年來，她安心跟著黃勝走江湖，每次賣藝總是目光灼灼注視著圍觀的人們，人們以她為風騷，她卻在認人。多少次誤認了面貌與她父親或家人相彷彿的觀眾。但她仍是希望著，注意著，沒有一時不思唸著。

他們真個回到離廣州不遠的一個城，住在真武廟傾破的後殿。早飯已經吃過，正預備下午的生意。黃勝坐在臺階上抽煙等著麟趾，因為她到街上買零碎東西還沒回來。

從廟門外驀然進來一個人，到黃勝跟前說：「勝哥，一年多沒見了！」老杜搖搖頭，隨即坐在臺階上說：「真不濟，去年那頭綿羊死掉，小山就悶病了。牠每出場不但不如從前活潑，而且不聽話，我氣起來，打了牠一頓。那不畜生，可也奇怪，幾天不吃東西，也死了。從牠死後，我一點買賣也沒做，指望贏些錢再買一隻羊和一隻猴，可是每賭必輸，至終把行頭都押出去了，現在來專意問大哥借一點。」

黃勝說：「我的生意也不很好，那裡有錢借給你使。」

老杜是打定主意的，他所要求非得不可。他說：「若是沒錢，就把人還我。」他的意思是指麟趾。

老黃急了，緊握著手，回答他說：「你說什麼？那個人是你的？」

「那女孩子是我撿的，自然屬於我。」

「你要，當時為何不說？那時候你說耍猴用不著她，多一個人養不起，便把她讓給我。現在我已養了好幾年，教會她各樣玩藝，你來要回去，天下沒有這個道理。」

「看來你是不願意還我了。」

「說不上還不還，難道我這幾年的心血和錢財能白費了麼？我不是說以後得的財禮分給你嗎？」

「好，我拿錢來贖成不成？」老杜自然等不得，便這樣說。

「你！拿錢來贖？你有錢還是買一隻羊、一隻猴耍耍去罷，麟趾，怕你贖不起。」

老黃捨不得放棄麟趾，並且看不起老杜，想著他沒有贖她的資格。

「你要多少呢？」

「五百，」老黃說了，又反悔說，「不，不，我不能讓你贖去，她不是你的人，你再別廢話了。」

「你不讓我贖，不成。多會我有五百元，多會我就來贖。」老杜沒得老黃的同意，不告辭便出廟門去了。

自此以後，老杜常來跟老黃搗麻煩，但麟趾一點也不知道是為她的事，她也沒去問。老黃怕以後更麻煩，心裡倒想先把她嫁掉，省得老杜屢次來胡纏，但他總也沒有把這意思給麟趾說，他也不怕什麼，因為他想老杜手裡一點文據都沒有，打官司還可以占便宜。他暗地裡托媒給麟趾找主，人約他在城隍廟戲臺下相看，那地方是老黃每常賣藝的所在。相看的人是個當地土豪的兒子，人家叫他做郭太子。這消息給老杜知道，到廟裡與老黃理論，兩句不合，便動了武。幸而麟趾從外頭進來，便和班裡的人把他們勸開；不然，會鬧出人命也不一定，老杜罵到沒勁，也就走了。

麟趾問黃勝到底是怎麼回事。老黃沒敢把實在的情形告訴她，只說老杜老是來要錢使，一不給他，他便罵人。他對麟趾說：「因他知道我們將有一個闊堂會，非借幾個錢去使使不可。可是我不曉得這一宗買賣做得成做不成，明天下午約定在廟裡先耍著看，若是合意，人家才肯下定哪。妳想我怎能事前借給他錢使！」

麟趾聽了，不很高興，說：「又是什麼堂會！」

老黃說：「堂會不好麼？我們可以多得些賞錢，姑娘不喜歡麼？」

「我不喜歡堂會，因為看的人少。」

「人多人少有什麼相干，錢多就成了。」

「我要人多，不必錢多。」

「姑娘，那是怎講呢？」

「我希望在人海中能夠找著我的親人。」

黃勝笑了，他說：「姑娘！妳要找親人，我倒想給妳找親哪，除非妳出閣，今生莫想有什麼親人，妳連自己的姓都忘掉了！哈哈！」

「我何嘗忘掉？不過我不告訴人罷了，我的親人我認得，這幾年跟著你到處走，你當我真是為賣藝麼？你帶我到天邊海角，假如有遇見我的親人的一天，我就不跟你了。」

「這我倒放心，妳永遠是遇不著的。前次在東莞妳見的那個人，便說是妳哥哥，楞要我去把他找來。見面談了幾句話，妳又說不對了！今年年頭在增城，又錯認了爸爸！妳記得麼？哈哈！我看妳把心事放開罷。人海茫茫，那個是妳的親人？倒不如過些日子，等我給妳找個好主，若生下一男半女，我保管妳享用無盡。那時，我，妳的師父，可也叨叨光呀。」

「師父別說廢話，我不愛聽。妳不信我有親人，我偏要找出來給你看。」麟趾說時像有了氣。

「那麼，妳的親人卻是誰呢？」

「是神仙。」麟趾大聲地說。

老黃最怕她不高興，趕緊轉帆說：「我逗妳玩哪，妳別當真，我們還是說些正經的罷，明天下午無論如何，我們得多賣些力氣。我身邊還有十幾塊錢，現在就去給妳添些頭面。我一會兒就回來。」他笑著拍麟趾的肩膀，便自出去了。

第二天下午，老黃領著一班藝員到藝場去，郭太子早已在人圈中占了一條板凳坐下。麟趾裝飾起來，招得圍觀的人越多，一套一套的把戲都演完，輪到麟趾的踏索，那是她的拿手技術。老黃那天便把繩子放長，兩端的鐵釬都插在人圈外頭。她一面走，一面演各種把式。正走到當中，啊，繩子忽然斷了！麟趾從一丈多高的空間摔下來。老黃不顧救護她，只嚷說：「這是老杜幹的」，連罵帶咒，跳出人圈外到繩折的地方。觀眾以為麟趾摔死了，怕打官司時被傳去做證人，一哄而散。有些人轉身注視老黃，見他追著一個人往人叢中跑，便跟過去趁熱鬧。不一會，全場都空了。老黃追那人不著，氣喘喘地跑回來，只見那兩個夥計在那裡收拾行頭。行頭被眾人踐踏，破壞了不少：刀槍也丟了好幾把；麟趾也不見了。夥計說人亂的時候他們各人都緊伏在兩箱行頭上頭，沒看見麟趾爬起來，到人散後，就不見她躺在地上。老黃無奈，只得收拾行頭，心裡想這定是老杜設計把麟趾搶走，回到廟裡再去找他計較，藝場中幾張殘破的板凳也都堆在一邊。老鴉從屋脊飛下來啄地上殘餘的食物；樹花重複發些清氣，因為滿身汗臭的人們都不見了。

黃勝找了老杜好幾天都沒下落，到郭太子門上訴說了一番。郭太子反說他是設局騙他的定錢，非把他押起來不可。老黃苦苦哀求才脫了險。他出了郭家大門，垂頭走著，拐了幾個彎，驀地裡與老杜在巷尾一個犄角上撞個滿懷。「好，冤家路窄！」黃勝不由分說便伸出右手把老杜揪住。兩隻眼睛瞪得直像冒出電來，氣也粗了。老杜一手擅住老黃的右手，冷不防給他一拳。老黃哪裡肯讓，一腳便踢過去，指著他說：「你把人藏在那裡？快說出來，不然，看老子今天結束了你。」老杜退到牆犄角上，紮好馬步，兩拳瞄準老黃的腦袋說：「呸！你問我要人！我正要問你呢。你同郭太子設局，把所得的錢，半個也不分給我，反來問我要人。」說著，往前一跳，兩拳便飛過來，老黃閃得快，沒被打著。巷口看熱鬧的人越圍越多，巡警也來了。他們不願意到派出所去，敷衍了巡警幾句話，便教眾人擁著出了巷口。

老杜跟著老黃，又走過了幾條街。

老黃說：「若是好漢，便跟我回家分說。」

「怕你什麼？去就去！」老杜堅決地說。

老黃見他橫得很，心裡倒有點疑惑。他問：「方才你說我串通郭太子，不分給你錢，是從那裡聽來的狗謠言？」

「我還在我面前裝呆！那天在場上看把戲的大半是郭家的手腳，你還瞞誰？」

「我若知道這事，便教我男盜女娼。那天郭太子約定來看人是不錯，不過我已應許你，所得多少總要分給你，你為什麼又到場上搗亂？」

老杜瞪眼看著他，說：「這就是胡說！我搗什麼亂？你們說了多少價錢我一點也不知道，那天我也不在那裡，後來在道上就見郭家的人們擁著一頂轎子過去，一打聽，才知道是從廟裡扛來的。」

老黃住了步，回過頭來，詫異地說：「郭太子！方才我到他那裡，幾乎教他給押起來。你說的話有什麼憑據？」

「自然有不少憑據。那天是誰把繩子故意拉斷的？」老杜問。

「你！」

「我！我告訴你，我那天不在場，一定是你故意做成那樣局面，好教郭太子把人搶走。」

老黃沉吟了一會，說：「這我可明白了。好兄弟，我們可別打了，這事一定是郭家的人幹的。」他把剛才郭家的人如何蠻橫，為老杜說過一遍。兩個人彼此埋怨，可也沒奈他何，回到真武廟，大家商量怎樣打聽麟趾的下落。他們當然不敢打官司，也不敢闖進郭府裡去要人，萬一不對，可了不得。

老杜和黃勝兩人對坐著。你看我，我看你，一言不發，各自急抽著煙卷。

五

郭家的人們都忙著檢點東西，因為地方不靖，從別處開來的軍隊進城時難免一場搶掠。那是一所五進的大房子，西邊還有一個大花園，各屋裡的陳設除椅、桌以外，其餘的都已裝好，運到花園後面的石庫裡，花園裡還留下一所房子沒有收拾。因為郭太子新娶的新奶奶忌諱多，非過百日不許人搬動她屋子裡的東西。

窗外種著一叢碧綠的芭蕉，連著一座假山直通後街的牆頭。屋裡一張紫檀嵌牙的大床，印度紗帳懸著，雲石椅、桌陳設在南窗底下。瓷瓶裡插的一簇鮮花，香氣四溢。牆上掛的字畫都沒有取下來，一個康熙時代的大自鳴鐘的擺子在靜悄悄的空間的得地作響，鏈子末端的金葫蘆動也不動一下。在窗欞下的貴妃床上坐著從前在城隍廟賣藝的女郎，她的眼睛向窗外注視，像要把無限的心事都寄給輕風吹動的蕉葉。

芭蕉外，輕微的腳音漸次送到窗前。一個三十左右的男子，到階下站著，頭也沒抬起來，便叫：「大官，大官在屋裡麼？」

裡面那女郎回答說：「大官出城去了，有什麼事？」

那人抬頭看見窗裡的女郎，連忙問說：「這位便是新奶奶麼？」麟趾注目一看，不由得怔了一會，「你很面善，像在那裡見過的。」她的聲音很低，五尺以外幾乎聽不見。

那人看著她，也像在什麼地方會過似地，但他一時也記不起來，至終還是她想起來。她說：「你不是姓廖麼？」

「不錯呀，我姓廖。」

「那就對了，你現在在這一家幹的什麼事？」

「我一向在廣州同大官做生意，一年之中也不過來一兩次，奶奶怎麼認得我？」

「你不是前幾年娶了一個人家叫她做宜姑的做老婆嗎？」

那人注目看她，聽到她說起宜姑，猛然回答說：「哦，我記起來了！你便是當日的麟趾小姑娘！小姑娘，妳怎麼會落在他手裡？」

「你先告訴我宜姑現在好麼？」

「她麼？我許久沒見她了。自從妳走後，兄弟們便把宜姑配給黑牛，黑牛現在名叫黑仰白，幾年來當過一陣要塞司令，宜姑跟著他養下兩個兒子。這幾天，聽說總部要派他到上海去活動，也許她會跟著去罷。我自那年入軍隊不久，過不了紀律的生活，就退了伍。人家把我薦到郭大官的煙土棧當掌櫃，我一直便做了這麼些年。」

麟趾問：「省城也能公賣煙土麼？」

「當然是私下買賣，軍隊裡我有熟人容易做，所以這幾年來很剩些錢。」

「黑牛和他的弟兄們幫你販煙土，是不是？」

「不，黑司令現在很正派，我同他的交情沒有從前那麼深了。我有許多朋友在別的軍隊裡，他們時常幫助我。」

我很想去見見宜姑，你能領我去麼？」

「她不久便要到上海去，妳就是到廣州，也不一定能看見她？」

「今晚，就走，怎樣？」

「那可不成，城裡恐怕不到初更就要出亂子，我方才就是來對大官說，叫他快把大門、偏門、後門都鎖起來，恐怕人進來搶。」

「他說出城迎接軍隊去了，不曉得什麼時候能回來。或者現在就領我去罷。」

「耳目眾多，不成，不成。再說要走，也不能跟我走，教大官知道，會說我拐騙妳。……我說妳是要一走不回頭呢？還是只要見一見宜姑便回來？」

「我一點也不喜歡他，那天我在城隍廟踏索子掉下來，昏過去，醒來便躺在這屋裡的床上。好在身上沒有什麼傷，只是腳跟和手擦破，養了十幾天便好了。他強我嫁給他，口裡答應給我十萬銀做保證金，說若是他再娶奶奶，聽我把十萬銀帶走，單獨過日子。我問他給了多少給黃勝，他說不用給，他沒奈何他。自從我離開山寨以後，就給黃勝搶去學走江湖，幾年來走了好幾省地方，至終在這裡給他算上了。我常想著他那樣的人，連一個錢也不給黃勝，將來萬一他負了心，他也照樣可以把十萬銀子搶回去；現在錢雖然在我的名字底下存著，我可不敢相信是屬於我的，我還是願意走得遠遠地。他不是一個好人，跟著他至終不會有好結果，你說是不是？」

廖成注視她的臉，聽著她說，他對於郭大官擄人的事早有所聞，卻不知便是麟趾。他好像對於麟趾所說的沒有多少可詫異的，只說：「是，他並不是個好人，但是現在的世界，那個是好人！好人有人捧，壞人也有人捧，為壞人死的也算忠臣，我想等宜姑從上海回來，我再通知妳去會她罷。」

「不，我一定要走。你若不領我去，請給我一個地址，我自己想方法。」

廖成把宜姑的地址告訴她，還勸她切要過了這個亂子才去，麟趾囑咐他不要教郭太子知道。她說：「你走罷，一會怕有人來，我那丫頭都到前院幫助收拾東西去了，你出去，請給我叫一個人進來。」

他一面走著，一面說：「我看還是等亂過去，從長慢慢打算罷，這兩天一定不能走的，道路上危險多。」

麟趾目送著廖成走出蕉叢外頭，到他的腳音聽不見的時候，慢慢起身到妝檯前，檢點她的細軟和首飾之類。走出房門，上了假山，她自傷癒後這是第一次登高，想著宜姑，教她心裡非常高興，巴不得立刻到廣州去見她。到牆的盡頭，她探頭下望，見一條黑深的空巷，一根電報桿子立在巷對面的高坡上，同圍牆距離約一丈多寬。一根拴電杆的粗鉛絲，從桿上離電線不遠的部位，牽到牆上一座一半砌在牆裡已毀的節孝坊的石柱上，幾乎成為水平線。她看看園裡並沒有門，若要從花園逃出去，恐怕沒有多少希望。

她從假山下來，進到屋裡已是黃昏時分，丫頭也從前院進來了。麟趾問：「妳有舊衣服沒有？拿一套來給我。」

女婢說：「奶奶要舊衣服幹什麼？」

「外頭亂擾擾地，萬一給人打進家裡來，不就得改裝掩人耳目麼？」

「我的不合奶奶穿，我到外頭去找一套進來罷。」她說著便出去了。

麟趾到丫頭的臥房翻翻她的包袱，果然都是很窄小的，不合她穿。門邊掛著一把雨紙傘，她拿下來打開一看，已破了大半邊。在床底下有一根細繩子，不到一丈長。她搖搖頭嘆了一聲，出來仍坐在窗下的貴妃床，兩眼凝視著芭蕉。忽然拍起她的腿說：「有了！」她立起來，正要出去，丫頭給她送了一套竹布衣服進來。

「奶奶，這套合適不合適？」

她打開一看，連說：「成，成，現在妳可以到前頭幫他們搬東西，等七點鐘端飯來給我吃。」丫頭答應一聲，便離開她。她又到婢女屋裡，把兩竿張蚊帳的竹子取下捆起來；將衣物分做兩個小包結在竹子兩端，做成一根踏索用的均衡擔。她試一下，覺得稍微輕一點，便拿起一把小刀走到芭蕉底下，把兩棵有花蕾的砍下來，割下兩個重約兩斤的花蕾加在上頭。隨即換了衣服，穿著軟底鞋，扛著均衡擔飛跑上假山。沿著牆頭走，到石柱那邊。她不顧一切，兩手擅住均衡擔，踏上那很大鉛絲，一步一步地走過去。到電杆那頭，她忙把竹上的繩子解下來，圈成一個圓套子，套著自己的腰和桿子，像尺蠖一樣，一路拱下去。

下了土坡，急急向著人少的地方跑。拐了幾個彎，才稍微辨識一點道路。她也不用問道，一個勁兒便跑到真武廟去，她想著教黃勝領她到廣州去找宜姑，把身邊帶著的珠寶分給他一兩件。不想真武廟的後殿已經空了，人也不曉得往那裡去了。天色已晚，鄰居的人都不理會是她回來，她不敢問。她躊躇著，不曉得怎樣辦，在真武廟歇，又害怕；客棧不能住；船，晚上不開，一會郭家人發覺了，一定把各路口把住，終要被逮捕回去。到巡警局報迷路罷，不成，若是巡警搜出身上的東西，倒惹出麻煩來。想來想去，還是趕出城，到城外藏一宿，再定行止。

她在道上，看見許多人在街上擠來擠去，很像要鬧亂子的光景。剛出城門，便聽見城裡一連發出砰磅的聲音。街上的人慌慌張張地亂跑，鋪店的門早已關好，一聽見槍聲，連門前的天燈都收拾起來。幸而麟趾出了城，不然，就被關在城裡頭。她要找一個僻靜的地方去躲一下，但找來找去，總找不著，不覺來到江邊。沿江除碼頭停泊著許多船以外，別的地方都很靜。在離碼頭不遠的地方，有一棵斜出江面的大榕樹。那樹的氣根，根根部向著水面伸下去。她又想起藏在樹上，在槍聲不歇的時候，已有許多人擠在碼頭那邊叫渡船，他們都是要到石龍去的。看他們的樣子都像是逃難的人，麟趾想著不如也跟著他們去，到石龍，再趕廣州車到廣州。看他們把價錢講妥了，她忙舉步，混在人們當中，也上了船。

亂了一陣，小渡船便離開碼頭。人都伏在艙底下，燈也不敢點，城中的槍聲教船後頭的大櫓和船頭的雙槳輕鬆地搖掉。但從雉堞影射出來的火光，令人感到是地獄的一種現象。船走得越遠，照得越亮。到看不見紅光的時候，不曉得船在江上已經拐了幾個彎了。

六

石龍車站裡雖不都是避難的旅客，但已擁擠得不堪。站臺上幾乎沒有一寸空地，都教行李和人占滿了，麟趾從她的座位起來，到站外去買些吃的東西，回來時，位已被別人占去。她站在一邊，正在吃東西，一個扒手偷偷摸摸地把她放在地下那個小包袱拿走。在她沒有發覺以前，後面長凳上坐著的一個老和尚便趕過來，追著那賊說：「莫走，快把東西還給人。」他說著，一面追出站外。麟趾見拿的是她的東西，也追出來。老和尚把包袱奪回來，交給她說：「大姑娘，以後小心一點，在道上小人多。」

麟趾把包袱接在手裡，眼淚幾乎要流出來，她心裡說若是丟了包袱，她就永久失掉紀念她父親的東西了。再則，所有的珠寶也許都在裡頭。現出非常感激的樣子，她對那出家人說：「真不該勞動老師父。跑累了麼？我扶老師父進裡面歇歇罷。」

老和尚雖然有點氣喘，卻仍然鎮定地說：「沒有什麼，姑娘請進罷。妳像是逃難的人，是不是？妳的包袱為什麼這樣溼呢？」

「可不是，這是被賊搶漏了的，昨晚上，我們在船上，快到天亮的時候，忽然岸上開槍，船便停了。我一聽見槍聲，知道是賊來了，趕快把兩個包袱扔在水裡。我每個包袱本來都結著一條長繩子。扔下以後，便把一頭暗地結在靠近舵邊一根支篷的柱子上頭。我坐在船尾，扔和結的時候都沒人看見，因為客人都忙著藏各人的東西，天也還沒亮，看不清楚。我又怕被人知道我有那兩個包袱，萬一被賊搜出來，當我是財主，將我擄去，那不更吃虧麼？因此我又趕緊到篷艙裡人多的地方坐著。賊人上來，真兇！他們把客人的東西都搶走了。個個的身上也搜過一遍，僥倖沒被搜出的很少。我身邊還有一點首飾，也送給他們了，還有一個人不肯把東西交出，教他們打死了，推下水去。他們走後，我又回到船後去，牽著那繩子，可只剩下一個包袱，那一個恐怕是教水沖掉了。」

「我每想著一次一次的革命，逃難的都是闊人。他們有香港、澳門、上海可去。逃不掉的，只有小百姓。今日看見車站這麼些人，才覺得不然。所不同的，是小百姓不逃固然吃虧，逃也便宜不了。姑娘很聰明，想得到把包袱扔在水裡，真可佩服。」

麟趾隨在後頭回答說：「老師父過獎，方才把東西放下，就是顯得我很笨；若不是師父給追回來，可就不得了。老師父也是避難的麼？」

「我以？出家人避什麼難？我從羅浮山下來，這次要普陀山去朝山。」說時，回到他原來的坐位，但位已被人占了，他的包袱也沒有了。他的神色一點也不因為丟了東西更變一點，只笑說：「我的包袱也沒了！」

心裡非常不安的麟趾從身邊拿出一包現錢，大約二十元左右，對他說：「老師父，我真感謝你，請你把這些銀子收下罷。」

「不，謝謝，我身邊還有盤纏。我的包袱不過是幾卷殘經和一件破袈裟而已。妳是出門人，多一元在身邊是一無的用處。」

他一定不受，麟趾只得收回。她說：「老師父的道行真好，請問法號怎樣稱呼？」

那和尚笑說：「老衲沒有名字。」

「請告訴我，日後也許會再相見。」

「姑娘一定要問，就請叫我做羅浮和尚便了。」

「老師父一向便在羅浮嗎？聽你的口音不像是本地人。」

「不錯，我是北方人。在羅浮出家多年了，姑娘倒很聰明，能聽出我的口音。」

「姑娘倒很聰明」，在麟趾心裡好像是幼年常聽過的。她父親的形貌，她已模糊記不清了，她只記得旺密的大鬍子，發亮的眼神。因這句話，使她目注在老和尚臉上。光圓的臉，一根鬍子也不留，滿頰直像鋪上一層霜，眉也白得像棉花一樣，眼睛帶著老年人的混濁顏色，神彩也沒有了。她正要告訴老師父她原先也是北方人，可巧汽笛的聲音夾著輪聲、軌道震動聲，一齊送到。

「姑娘，廣州車到了，快上去罷，不然占不到好座位。」

「老師父也上廣州麼？」

「不，我到香港候船。」

麟趾匆匆地別了他，上了車，當窗坐下。人亂過一陣，車就開了。她探出頭來，還望見那老和尚在月臺上。她凝望著，一直到車離開很遠的地方。

她坐在車裡，意像裡只有那個老和尚，想著他莫不便是自己的父親？可惜方才他遞包袱時，沒留神看看他的手，又想回來，不，不能夠，也許我自己以為是，其實是別人。他的臉不很像哪！他的道行真好，不愧為出家人。忽然又想：假如我父親仍在世，我必要把他找回來，供養他一輩子。呀，幼年時代甜美的生活，父母的愛惜，我不應當報答嗎？不，不，沒有父母的愛，父母都是自私自利的。為自己的名節，不惜把全家殺死。也許不止父母如此，一切的人都是自私自利的。從前的女子，不到成人，父母必要快些把她嫁給人。為什麼？留在家裡吃飯，賠錢。現在的女子，能出外跟男子一樣做事，父母便不願她嫁了。他們願意她像兒子一樣養他們一輩子，送他們上山。不，也許我的父母不是這樣。他們也許對，是我不對，不聽話，才會有今日的流離。

她一向便沒有這樣想過，今日因著車輪的轉動搖醒了她的心靈。「妳是聰明的姑娘！」「妳是聰明的姑娘！」輪子也發出這樣的聲音。這明明是父親的話，明明是方才那老和尚的話。不知不覺中，她竟滴了滿襟的淚。淚還沒乾，車已入了大沙頭的站臺了。

出了車站，照著廖成的話，雇一輛車直奔黑家。車走了不久時候，至終來到門前。兩個站崗的兵問她找誰，把她引到上房，黑太太緊緊迎出來，相見之下，抱頭大哭一場。傭人面面相覷，莫名其妙。

黑太太現在是個三十左右的女人，黑老爺可已年近半百。她裝飾得非常時髦，錦衣、繡裙，用的是歐美所產胡奴的粉，杜絲的脂，古特士的甲紅，魯意士的眉黛，和各種著名的香料。她的化妝品沒有一樣不是上等，沒有一件是中國產物。黑老爺也是面團團，腹便便，絕不像從前那凶神惡煞的樣子，寒暄了兩句，黑老爺便自出去了。

「妹妹，我占了妳的地位。」這是黑老爺出去後，黑太太對麟趾的第一句話。

麟趾直看著她，雙眼也沒眨一下。

「唉，我的話要從那裡說起呢？妳怎麼知道找到這裡來？妳這幾年來到那裡去了？」

「姐姐，說來話長，我們晚上有功夫細細談罷，妳現在很舒服了，我看你穿的用的便知道了。」

「不過是個繡花枕而已，我真是不得已。現在官場，專靠女人出去交際，男人才有好差使，無謂的應酬一天不曉得多少，真是把人累得要死。」

她們真個一直談下去，從別離以後談到彼此所過的生活。宜姑告訴麟趾她祖父早已死掉，但村裡那間茅屋她還不時去看看，現在沒有人住，只有一個人在那裡守著。她這幾年跟人學些注音字母，能夠念些淺近文章，在話裡不時讚美她丈夫的好處。麟趾心裡也很喜歡，最能使她開心的便是那間茅舍還存在。她又要求派人去訪尋黃勝，因為她每想著她欠了他很大的恩情。宜姑了應許為她去辦，她又告訴宜姑早晨在石龍車站所遇的事情，說她幾乎像看見父親一樣。

這樣的傾談絕不能一時就完畢，好幾天或好幾個月都談不完，東江的亂事教黑老爺到上海的行期改早些，他教他太太過些日子再走。因此宜姑對於麟趾，第二天給她買穿，第三天給她買戴；過幾天又領她到張家，過幾時又介紹她給李家。一會是同坐紫洞艇游河，一會又回到白雲山附近的村居。麟趾的生活在一兩個星期中真像黏在枯葉下的冷蛹，化了蝴蝶，在旭日和風中間翻舞一樣。

東江一帶的秩序已經漸次恢復。在一個下午，黑府的勤務兵果然把黃勝領到上房來。麟趾出來見他，又喜又驚。他喜的是麟趾有了下落；他怕的是軍人的勢力。她可沒有把一切的經過告訴他，只問他事變的那天他在那裡。黃勝說他和老杜合計要趁亂領著一班窮人闖進郭太子的住宅，他們兩人希望能把她奪回來，想不到她沒在那裡。郭家被火燒了，兩邊死掉許多人，老杜也打死了，郭家的人活的也不多，郭太子在道上教人擄去，到現在還不知下落。他見事不濟，便自逃回城隍廟去，因為事前他把行頭都存在那裡，夥計沒跟去的也住在那裡。

麟趾心裡想著也許廖成也遇了險。不然，這麼些日子，怎麼不來找我，他總知道我會到這裡來。因為黃勝不認識廖成，問也沒用，她問黃勝願意另謀職業，還是願意幹他的舊營生。黃勝當然不願再去走江湖，她於是給了他些銀錢。但他願意在黑府當差，宜姑也就隨便派給他當一名所謂國術教官。

黑家的行期已經定了，宜姑非帶麟趾去不可，她想著帶她到上海，一定有很多幫助。女人的臉曾與武人的槍平分地創造了人間一大部歷史。黑老爺要去聯絡各地戰主，也許要仗著麟趾才能成功。

七

南海的月亮雖然沒有特別動人的容貌，因為只有它來陪著孤零的輪船走，所以船上很有些與它默契的人。夜深了，輕微的浪湧，比起人海中政爭匪掠的風潮舒適得多。在枕上的人安寧地聽著從船頭送來波浪的聲音，直如催眠的歌曲。統艙裡躺著、坐著的旅客還沒盡數睡著，有些還在點五更雞煮掛麵，有些躺在一邊燒鴉片，有些圍起來賭錢，幾個要到普陀朝山的和尚受不了這種人間濁氣，都上到艙面找一個僻靜處所打坐去了，在石龍車站候車的那個老和尚也在裡頭。船上雖也可以入定，但他們不時也談一兩句話。從他們的談話裡，我們知道那老和尚又回到羅浮好些日子，為的是重新置備他的東西。

在那班和尚打坐的上一層甲板，便是大菜間客人的散步地方，籐椅上坐著宜姑，麟趾靠著舷邊望月，別的旅客大概已經睡著了。宜姑日來看見麟趾心神恍惚，老像有什麼事掛在心頭一般，在她以為是待她不錯；但她總是望著空間想，話也不願意多說一句。

「妹妹，妳心裡老像什麼事，不肯告訴我。妳是不喜歡我們帶你到上海去麼？也許妳想妳的年紀大啦，該有一個伴了。若是如此，我們一定為妳想法子。他的交遊很廣，面子也夠，替妳選擇的人準保不錯。」宜姑破了沉寂，坐在麟趾背後這樣對她說。她心裡是想把麟趾認做妹妹，介紹給一個督軍的兒子當做一種政治釣餌，萬一不成，也可以藉著她在上海活動。

麟趾很冷地說：「我現在談不到那事情，你們待我很好，我很感激。但我老想著到上海時，順便到普陀去找找那個老師父，看他還在那裡不在，我現在心裡只有他。」

「你準知道他便是你父親嗎？」

「不，我不過思疑他是。我不是說過那天他開了後門出去，沒聽見他回到屋裡的腳音嗎？我從前信他是死了，自從那天起教我希望他還在人間。假如我能找著他，我寧願把所有的珠寶給你換那所茅屋，我同他在那裡住一輩子。」麟趾轉過頭來，帶著滿有希望的聲調對著宜姑。

「那當然可以辦的到，不過我還是希望妳不要做這樣沒有把握的尋求。和尚們多半是假慈悲，老奸巨猾的不少；妳若有意去求，若是有人知道妳的來歷，冒充妳父親，教妳養他一輩子，那妳不就上了當？幼年的事你準記得清楚麼？」

「我怎麼不記得？誰能瞞我？我的憑證老帶在身邊，誰能瞞得過我？」她說時拿出她幾年來常在身邊的兩截帶指甲的指頭來，接著又說：「這就是憑證。」

「妳若是非去找他不可，我想妳一定會過那飄泊的生活，萬一又遇見危險，後悔就晚了。現在的世界亂得很，何苦自己去找煩惱？」

「亂麼？妳、我都見過亂，也嘗過亂的滋味，那倒沒有什麼，我的窮苦生活比妳多過幾年，我受得了，妳也許忘記了。妳現在的地位不同，所以不這樣想。假若妳跟我換一換生活，妳也許也會想去找妳那耳聾的祖父罷。」她沒有回答什麼，嘴裡漫應著：「唔，唔。」隨即站起來，說：「我們睡去罷，不早了。明天一早起來看旭日，好不好？」

「妳先去罷，我還要停一會兒才能睡咧。」

宜姑伸伸懶腰，打了一個呵欠，說聲「明天見！別再胡思亂想了，妹妹，」便自進去了。

她仍靠在舷邊，看月光映得船邊的浪花特別潔白，獨自無言，深深地呼吸著。甲板底下那班打坐的和尚也打起盹來了。他們各自回到統艙裡去。下了扶梯，便躺著，那個老是用五更雞煮掛麵的客人，他雖已睡去，火仍是點著。一個和尚的袍角拂倒那放在上頭的鍋，幾乎燙著別人的腳。再前便是那抽鴉片的客人，手拿著煙槍，仰面打鼾，煙燈可還未滅，黑甜的氣味繞繚四圍，鬥紙牌的還在鬥著，談話的人可少了。月也回去了，這時只剩下浪吼輪動的聲音。

宜姑果然一清早便起來看海天旭日，麟趾卻仍在睡鄉裡，報時的鐘打了六下，甲板上下早已洗得乾乾淨淨。統艙的客人先後上來盥漱，麟趾也披著寢衣出來，坐在舷邊的漆椅上，在桅梯邊洗臉的和尚們牽引了她的視線。她看見那天在石龍車站相遇的那個老師父，喜歡得直要跳下去叫他。正要走下去，宜姑忽然在背後叫她，說：「妹妹，妳還沒穿衣服咧。快吃早點了，還不去梳洗？」

「姐姐，我找著他了！」她不顧一切還是要下扶梯。宜姑進前幾步，把她揪住，說：「妳這像什麼樣子，下去不怕人笑話，我看妳真是有點迷。」她不由分說，把麟趾拉進艙房裡。

「姐姐，我找著他了！」她一面換衣服，一面說，「若果是他，妳得給我靠近燕塘的那間茅屋，我們就在那裡住一輩子。」

「我怕妳又認錯了人，妳一見和尚便認定是那個老師父，我準保妳又會鬧笑話，我看吃過早飯叫『播外[1]』下去問問，若果是，妳再下去不遲。」

「不用問，我準知道是他。」她三步做一步跳下扶梯來。那和尚已漱完口下艙去了，她問了旁邊的人便自趕到統艙去，下扶梯過急，猛不防把那點著的五更雞踢倒。汽油灑滿地，火跟著冒起來。

艙裡的搭客見樓梯口著火，個個都驚慌失措，哭的，嚷的，亂跑的，混在一起。麟趾退上艙面，臉嚇得發白，話也說不出來。船上的水手，知道火起，忙著解開水龍。警鐘響起來了！

艙底沒有一個敢越過那三尺多高的火焰。忽然跳出那個老和尚，抱著一張大被窩騰身向火一撲，自己倒在火上壓著。他把火幾乎壓滅了一半，眾人才想起掩蓋的一個法子。於是一個個拿被窩爭著向剩下的火焰掩壓。不一會把火壓住了，水龍的水也到

1 「播外」，即boy的譯音，就是茶役的意思。

了，忙亂了一陣，好容易才把火撲滅了，各人取回沖溼的被窩時，直到最底下那層，才發現那老師父，眾人把他扛到甲板上頭，見他的胸背都燒爛了。

他兩隻眼雖還睜著，氣息卻只留著一絲，眾人圍著他，但具有感激他為眾捨命的恐怕不多。有些只顧罵點五更雞的人，有些卻咒那行動鹵莽的女子。

麟趾鑽進人叢中，滿臉含淚，那老師父的眼睛漸次地閉了，她大聲叫：「爸爸！爸爸！」

眾人中，有些肯定地說他死了。麟趾揸著他的左手，看看那剩下的三個指頭。她大哭起來。嚷，說：「真是我的爸爸呀！」這樣一連說了好幾遍。宜姑趕下來，把她扶開，說：「且別哭啦，若真是你父親，我們回到屋裡再打算他的後事。在這裡哭惹得大眾來看熱鬧，也沒什麼好處。」

她把麟趾扶上去以後，有人打聽老和尚和那女客的關係，卻沒有一個人知道，他同伴的和尚也不很知道他的來歷。他們只知道他是從羅浮山下來的。有一個知道詳細一點，說他在某年受戒，燒掉兩個指頭供養三世法佛。這話也不過是想，當然並沒有確實的憑據，同伴的和尚並沒有一個真正知道他的來歷。他們最多知道他住在羅浮不過是四五年光景，從那裡得的戒牒也不知道。

宜姑所得的回報，死者是一個虔心奉佛燃指供養的老和尚。麟趾卻認定他便是好幾年前自己砍斷指頭的父親。死的已經死淖，再也沒法子問個明白，他們也不能教麟趾不相信那便是她爸爸。

她躺在床上，哭得像淚人一般，宜姑在旁邊直勸她。她說：「你就將他的遺體送到普陀或運回羅浮去為他造一個塔，表表你的心也就夠了。」

統艙的秩序已經恢復，麟趾到停屍的地方守著。她心裡想：這到底是我父親不是？他是因為受戒燒掉兩個指頭的麼？一定的，這樣的好人，一定是我父親，她的淚沉靜地流下，急遽地滴到膝上。她注目看著那屍體，好像很認得，可惜記憶不能給她一個反證。她想到普陀以後若果查明他的來歷不對，就是到天邊海角，她也要再去找找。她的疑心，很能使她再去過遊浪的生活，長住在黑家絕不是她所願意的事。她越推想越入到非非之境，氣息幾乎像要停住一樣。船仍在無涯的浪花中漂著，煙囪冒出濃黑的煙，延長到好幾百丈，漸次變成灰白色，一直到消滅在長空裡頭。天涯的彩雲一朵一朵浮起來，在麟趾眼裡，彷彿像有仙人踏在上頭一般。

電子書購買

國家圖書館出版品預行編目資料

人非人：淡淡諷刺，篇篇留白，許地山寫盡世間百態 / 許地山 著 . -- 第一版 . -- 臺北市：崧燁文化事業有限公司 , 2023.07
面；　公分
POD 版
ISBN 978-626-357-444-1(平裝)
857.63　112008973

人非人：淡淡諷刺，篇篇留白，許地山寫盡世間百態

臉書

作　　者：許地山
發 行 人：黃振庭
出 版 者：崧燁文化事業有限公司
發 行 者：崧燁文化事業有限公司
E-mail：sonbookservice@gmail.com
粉 絲 頁：https://www.facebook.com/sonbookss/
網　　址：https://sonbook.net/
地　　址：台北市中正區重慶南路一段六十一號八樓 815 室
Rm. 815, 8F., No.61, Sec. 1, Chongqing S. Rd., Zhongzheng Dist., Taipei City 100, Taiwan
電　　話：(02) 2370-3310　　傳　　真：(02) 2388-1990
印　　刷：京峯數位服務有限公司
律師顧問：廣華律師事務所 張珮琦律師

定　　價：250 元
發行日期：2023 年 07 月第一版
◎本書以 POD 印製